Danilo Sidari

LIGURITUDINE

racconti

INTRODUZIONE

Un libro che sa di Liguria, ma anche di Calabria. La maggior parte di questi racconti di Danilo Sidari sono ambientati a Taggia, uno stupendo borgo medievale del ponente ligure, sfregiato dalla speculazione edilizia e da un viadotto autostradale, con i pilastri conficcati dentro il torrente. Da qui inizia la famosa valle dell'oliva taggiasca, che arriva fino alle pendici del Saccarello, una montagna maestosa. La strada che si inerpica lungo la valle Argentina, porta a Badalucco e a Triora, il Paese delle streghe. Taggia è a pochi chilometri dalla Riviera e da Sanremo.

Gli occhi stranianti con cui Sidari descrive quel mondo sono quelli di un figlio di immigrati calabresi. Leggendoli, ho scoperto che negli anni Cinquanta in Italia ci voleva il certificato di residenza quando ci si trasferiva e che senza quel documento non si poteva ottenere un lavoro regolare. Non ho fatto una ricerca per verificare se è pura fiction o dato storico reale. Vero è che però sono nate delle faide tra liguri e calabresi, soprattutto per colpa della gelosia dei nuovi arrivati nei confronti delle loro mogli e, non ultimo, per quanto erano sfruttati sul lavoro. La faida scatta la notte del falò di San Benedetto. E il titolo del racconto è emblematico: "Maccarruni e frisciöi".

La notte di San Benedetto, un evento scolpito nelle menti degli abitanti di Taggia, ricorre ogni anno a febbraio - in certi periodi è stato sospeso perché ritenuto pericoloso - e nelle piazze del paese vengono accesi dei falò e si dà fuoco ai furgari, tubi di canna di bambù con polvere da sparo all'interno. Un rito tribale, che riporta indietro nel tempo, nella leggenda che vede i pirati saraceni risparmiare Taggia, perché gli abitanti avevano fatto finta che la cittadina fosse già in fiamme. Come se fosse stata saccheggiata da altri. I saraceni cascarono nell'inganno, così dalla costa non si addentrarono nell'immediato entroterra. E salparono verso nuove devastazioni, risparmiando Taggia. La Storia, lo sappiamo, è ben altra.

Una notte - quella di San Benedetto - dove tutti aprono le loro cantine a danno da bere agli ospiti. Arrivano in migliaia per farsi coinvolgere da questa atmosfera, che sa di medioevo. Per andare a prendere la legna, tempo fa, racconta Sidari, si andava in Piemonte superando "la cima del Colle San Bartolomeo e una lunga serie di curve", oggi tutto questo non c'è più, viadotti e gallerie collegano Imperia con Pieve di Teco, e dal Colle non ci passa più nessuno.

Tempi andati, quelli che descrive Sidari, gli anni Sessanta e Settanta. Danilo era comunista, e anche frikkettone, apparteneva al movimento, notti a parlare del futuro, delle umane sorti progressive, mangiando pane ed utopia, bevendo vino rosso e fumando canne. Bello anche il racconto "Livio", dove il protagonista viene ingannato e si ritrova a pescar di frodo sulle coste liguri, i tempi in cui portare una donna in barca era ancora un sacrilegio.

È anche un manuale di storia della cultura materiale questa raccolta di racconti, che descrive come si pesca e come si manovra un'imbarcazione, poi la coltivazione delle campagne, delle terrazze, le cosiddette fascie, e anche la raccolta della legna. Così com'era solo una quarantina di anni fa, così come dovrebbe tornare ad essere, perché tutto sta crollando a pezzi, dai muretti a secco che franano alle edere che soffocano gli alberi, dalla case in pietra in rovina agli ulivi strozzati dai rovi. Tanto cosa si sta a fare in città se si è disoccupati?

Un'altra cosa che colpisce Sidari è il silenzio dei liguri: son persone che parlano poco. E chi meglio di lui, cresciuto in una famiglia del Sud, può accorgersene? Magistrale in questo senso è il racconto "Belin, quantu i parla!"

Nelle pieghe della narrazione si possono scovare persone che animavano quel mondo in fermento negli Anni Settanta, e anche punti di ritrovo, come i Tre Alberi del mitico Cecco, un locale ad Arma sul mare, frequentato da quelli che volevano cambiare il mondo. Eravamo in tanti, c'ero anche io, adolescente. Mi ricordo i primi giochini elettronici tipo Pacman - mi ci appiccicavo - oppure i bagni nudi di notte, dopo aver ben bevuto e ben fumato. Tempi belli, che avevano un perché, che ti sentivi parte di un tutto, che non accettavi lo status quo, che ci credevi in una vita diversa.

Sidari parla dei Tre Alberi, così come di Castelin, oppure del Germinal, ma anche del frantoio di Pippo Roy a Badalucco. Ora in mano al figlio Franco Boeri, che faceva parte anche lui di quell'humus di utopisti che popolavano le notti rivierasche degli alternativi negli anni Settanta. Tante sono le persone riconoscibili in questi racconti.

Un tempo mitico quello che descrive Sidari, i suoi anni adolescenziali in Liguria, ma poi il calabrese "che si sente taggiasco fino al midollo" si trasferisce a quarant'anni in Australia. Colpo di scena. E così nei suoi racconti entra anche in gioco quella terra lontana sedicimila chilometri, dove Sidari trova finalmente la sua tana. E lì percepisce meglio la sua liguritudine, e scrive, tra le tante cose, anche questi racconti intrisi di nostalgia. Per anni Danilo Sidari ha tenuto una rubrica su mentelocale.it "Un taggiasco a Sydney" dove, come in questa raccolta di racconti, ha messo in moto un doppio straniamento: ora non è più solo un calabrese che scruta la Liguria e i liguri con uno sguardo esterno, ora è un italiano dalla doppia identità che vive a Sydney e guarda all'Italia tutta dal Paese che più di ogni altro è ai suoi antipodi. Un'operazione complessa, e difficile, direi riuscita nella maggior parte di questi racconti.

Laura Guglielmi

Nota dell'autore

Da giovane ho inseguito chimere rivoluzionarie: ero convinto che con le persone che frequentavo allora, sarei riuscito a cambiare il mondo. E il poco tempo che mi restava dopo la scuola e la militanza politica, in genere lo dedicavo, com'è giusto che fosse, ad esplorare, a cercare di capire quel complicato intrico di emozioni e di pulsioni che chiamavamo amore.

Superata quella fase però, anche se in qualche modo ero consapevole che le idee che coloravano i miei anni giovanili avrebbero lasciato dentro di me un'impronta indelebile, la vita mi riportò alla sua cruda realtà, a quella quotidianità fatta, almeno per me, di rinunce, di compromessi, di responsabilità.

Ma la piatta e lenta banalità del quotidiano, se pure anche lei indispensabile alla crescita di un individuo, non fa il paio con lo scorrere precipitoso del tempo. E le molte, le troppe distrazioni - sottoforma di lusinghe o di indebite pressioni - che l'ambiente che ci circonda ci offre o ci obbliga a subire, spesso ci allontanano, o ci attardano, sulla strada del conseguimento della nostra vera mèta: la nostra identità.

Succede così di inseguirla per decenni, a volte senza neppure sapere bene cosa si stia cercando, di cosa precisamente si tratti. Quello che però in genere gli anni aiutano a capire, è che si è stanchi di cambiare direzione ogni volta che un agente esterno, più o meno significativo, ci trasforma in un qualcuno che alla prossima svolta "non va più di moda".

E sono proprio gli anni, e quel briciolo di saggezza quasi sempre in essi intrinseca, oppure un episodio veramente determinante, che alla fine ci fanno capire chi veramente siamo.

Io, per non farmi mancare niente, agli inevitabili anni - ché quelli scorrono comunque - di mio ci ho messo anche il "fatto determinante" e a quasi quarant'anni sono emigrato in Australia. Una scelta fatta sull'onda dell'entusiasmo di poter lasciare un Paese dove i compromessi diventavano ogni giorno di più fattore indispensabile al mero "tirare avanti".

Ma non si scherza con le proprie radici! E se pure alla luce degli sviluppi economici, ma soprattutto etici, nel frattempo intervenuti, non posso che benedire il giorno che sono salito su quell'aereoplano, ora so che la scelta fu se non avventata, senza dubbio non sufficientemente ponderata e che essa ha lasciato strascichi psichici di non poca rilevanza.

Eppure è stato proprio lo sforzo necessario a superare certe criticità, la discesa dentro me stesso per riuscire a trovare la forza, infine, per adattarmi a una nuova cultura, a darmi la misura di quanto mi sentissi indissolubilmente legato a certi luoghi, a certe abitudini, a certe persone, a certe tradizioni. A farmi capire, accettare e infine amare la mia *liguritudine*.

Io, figlio di calabresi emigrati al nord nel secondo dopoguerra, nato per caso in un paesotto del ponente ligure - ma avrebbe potuto essere la Svizzera, la Germania, l'Australia o una delle Americhe - e cresciuto con uno stampo inequivocabilmente meridionalista, mi sono riscoperto taggiasco fino al midollo.

Ed è in questa dimensione, in questo rimuginare questa consapevolezza mentre i miei piedi calcavano una terra distante sedicimila chilometri da "casa", che ho voluto, anzi ho dovuto, scrivere di me, raccontarmi nei luoghi che mi hanno visto crescere ma che ho scoperto miei solo dopo averli lasciati.

A valle

Amare amandosi

È lì che valuta, tenendole tese tra le dita, un paio di mutandine di pizzo molto sexy.

Io, a distanza di qualche metro, la guardo. La conosco di vista: lavora nella farmacia del paese, *è foresta*, persona riservata, ma ormai sono quasi sei mesi che vive in vallata, in un casone ristrutturato all'inizio della strada per i Vignai.

Non è più una ragazzina ma quel che giocoforza ha sacrificato al tempo l'ha acquisito in sicurezza e in femminilità.

Volta l'indumento intimo, ne valuta la consistenza del tessuto tra l'indice e il pollice, lo allontana dagli occhi tendendo le braccia per farsene un'idea d'insieme: una serie di gesti scontati che però la mia mente si ostina a interpretare come un rito, come una danza sensuale.

Assistervi e spronare la mia fantasia al galoppo è un tutt'uno; qualcuno passa e mi urta e alle mie strambe fantasie erotiche si sovrappone la realtà che nella fattispecie è il suo viso divertito che mi guarda sorridendo: m'aveva "sgamato". È dunque consapevole che stavo spiando quel suo momento di intimità, ma nel suo sguardo non c'è traccia di imbarazzo, né di biasimo.

Visto che siamo a Sanremo, lontano da occhi indiscreti e lingue taglienti, decido di rivolgerle la parola. Mi avvicino e con fare tronfio le chiedo:

- Le dispiace mostrarmi la sua mano sinistra?

- Vuole predirmi il futuro? - ribatte lei ironica.

- No, volevo semplicemente constatare da me se ci sono o meno anelli all'anulare.

- Voi uomini - chiosa lei - mi dica, perché non va al punto

direttamente, senza giri di parole?

La mia baldanza ne risente un po' ma riesco comunque a spiegare che in caso non ci fossero anelli la inviterei volentieri a cena.

- E allora - mi bacchetta lei metaforicamente - perché non chiedermi direttamente se sono impegnata o meno in una relazione sentimentale? - e si allontana sorridendo e ancheggiando sul suo passo sicuro.

Touché! Resto lì fermo, basito, a ripensare a come mi ha liquidato con quattro parole.

Poi mi allontano imbarazzato, guardandomi attorno e sperando che nessuno abbia assistito alla figura da fesso che ho appena fatto.

I miei volevano che studiassi ma io ho lasciato perdere dopo il diploma e mi guadagno da vivere con quel po' di fogliame ornamentale che commercio con le ditte di import-export di fiori freschi recisi, giù in Valle Armea. Abito giù alla marina ma ho il magazzino su in paese e dopo quel primo contatto, quando arrivo alla mattina, ho preso a posteggiare sempre nei pressi della farmacia.

Quando passo davanti a quelle vetrine per andare a prendere il furgone o al bar per il caffè di mezza mattinata, prendo a occhieggiare tra gli scaffali colmi di dentifrici e antidolorifici. Lei non fa cenno di vedermi. Mai.

Finché una mattina noto che ha fatto arricciare i suoi capelli. Sta mettendo a posto delle scatole di gomme da masticare alla nicotina su una scaffalatura vicino alla vetrina.

Mi sporgo all'interno, tossicchio per attirare la sua attenzione e quando si volta le faccio il gesto del cavatappi con le dita tese, a sottolineare che ho notato la nuova acconciatura. Lei mi guarda, sorride e a voce bassa, per non farsi sentire dall'interno, mi dice che le fa piacere che me ne sia accorto.

La invito per il caffè: non può lasciare il suo posto adesso. Insisto, le dico che glielo porto lì e allora lei accetta.

È iniziata così. I caffè si sono ripetuti, poi l'aperitivo al *Dark*

Knight e infine la fatidica cena, lontano da occhi indiscreti.

La accompagno a casa e mi invita dentro per il sambuchino della staffa. Appena oltrepasso il cancello un pastore tedesco mi si fa incontro minaccioso e ringhiante. Lei modula un fischio particolare e quello si zittisce e ritorna ad accucciarsi.

- Sai com'è, vivo da sola...

Entro: bella casetta, arredata con sobrio minimalismo. Ambiente ampio, tappeti, poltrone confortevoli. Là in fondo si intravede l'angolo cottura.

- Accomodati, prego.

Mi stravacco su una poltrona mentre lei inizia a trafficare nel mobile bar.

- Vuoi del ghiaccio?

- No grazie, solo la *mosca*.

Sopra il caminetto di ardesia con bassorilievi, in bella mostra c'è una stampa raffigurante il *Bacio* di Rodin.

Osserviamo in silenzio la plasticità delle forme dei due amanti, mentre sorseggiamo il liquore d'anice. Quando ci voltiamo, per un attimo i nostri occhi colgono nei reciproci sguardi una scintilla di desiderio.

Il primo bacio viene con naturalezza. Non una parola tra noi, ma sguardi intensi e altri baci, sempre più coinvolgenti. A un tratto però lei si tira indietro, mi allontana con tatto ma con altrettanta decisione e mi dice:

- Ascolta Gino, mi piaci, non lo nego, ma stiamo correndo troppo. Ci conosciamo appena, non abbiamo mai neanche accennato a come intendiamo un'eventuale relazione sentimentale. Dammi tempo, diamoci tempo, conosciamoci meglio. È stata una bella serata ma ora ho sonno, voglio andare a riposare. Vuoi un caffè per tenerti su al ritorno a casa tua?

Vado via con un certo senso di incompiuto che però si stempera nelle sue parole, quel *mi piaci, non lo nego*, che mi ronza con insistenza in testa.

******

La danza, l'intreccio dei due serpenti, va avanti da circa due mesi.

Dopo quella cena, dopo esserci detti che ci piacevamo, i nodi sono venuti al pettine.

I quali nodi possono essere riassunti in una semplice constatazione: quando ci si è bruciati più di una volta, si impara che con il fuoco è meglio non giocarci.

Ma le bruciature servono, eccome se servono!

Poco per volta, bruciatura dopo bruciatura, si impara che volersi bene non significa imporre la propria volontà o dover cedere a quella del partner; si impara che ci si deve accettare ed essere accettati per quello che si è; si impara che non ci si può ridurre a vivere come dei pupazzi di stoffa per la paura di perdere la persona che si ama, o si crede di amare.

Ma si impara anche che in amore le cose vanno fatte col cuore; che in amore è necessaria una presenza di mente costante e si impara che questa richiede forza, sacrificio, perseveranza.

E nell'esercizio quotidiano della forza, del sacrificio, della perseveranza, si impara in definitiva ad amare se stessi per amare chi si vuole amare.

Queste e tante altre cose sappiamo e ci siamo detti Giuseppina e io.

Ma dal dire al fare...

Ieri sera mi fa:

- Facciamo un salto a Sanremo?

Siamo scesi, ho lasciato la macchina all'ex mercato dei fiori, abbiamo fatto un paio di *vasche* e poi siamo entrati in quel bar di Piazza Bresca dove fanno dei cocktail eccezionali e dove siamo già stati qualche volta.

Mi ci ha portato lei la prima volta. Conosce da anni Ercolino, il proprietario: lui non manca mai di complimentarla e se non sono completamente rincoglionito il fatto a lei non dispiace.

Credevo di aver acquisito il concetto per cui come uomo che si accompagna a quella donna che riceve i complimenti, la cosa dovrebbe, come dire, inorgoglirmi. E sotto un punto di vista puramente teorico non ci trovo niente da obiettare. Ma è un dato di fatto che nella realtà quando questo accade io non solo non mi inorgoglisco ma anzi mi sembra di rivedere quel tale vecchio film la cui trama vede crescere dentro di me quel ben noto malessere, quella sorta di spiazzamento, quel lento sgretolarsi delle mie sicurezze.

Ieri sera, visto che nel locale non si fuma, lui l'ha invitata fuori per una sigaretta. Sono rimasti via meno di dieci minuti e quando sono rientrati ridevano con aria complice.

Ora, cosa può essere successo tra due persone in piedi sul marciapiede di fronte a un bar? Con la gente che passeggia e con i rispettivi impegni a due metri di distanza: il bar da gestire per lui e l'uomo con cui si accompagna attualmente, lei? Nulla ovviamente, se non il fatto che lui può essere stato un tantino galante e che a lei può aver fatto piacere.

Ma a me quei pochi minuti sono sembrati un'eternità e quando infine sono rientrati, lui riprendendo la sua postazione dietro il banco e lei accovacciandosi sullo sgabello vicino a me e stringendomi lievemente la mano, io oramai avevo elaborato una tale quantità di supposizioni che a quel punto non potevo non essere diventato sospettoso, irritabile, cattivo.

Al ritorno, in auto, stavo zitto. Si tratta del mio "fuoco", pensavo, non posso mettermi bellamente a bruciacchiare chicchessia. Soprattutto poi giustificandomi con delle supposizioni.

Lei mi ha chiesto un paio di volte cosa avevo, perché non parlavo e io mi sono giustificato con un po' di stanchezza. Ma lei sapeva esattamente cosa mi stava succedendo.

Eravamo sul lungomare di Bussana e ad un tratto ha svoltato in quella stradina che passa sotto il ponte dell'Aurelia, ha posteggiato

15

l'auto in una zona buia e ha iniziato a baciarmi con sempre maggior intensità.

Ho provato a resistere, a non reagire. Ma lei era così... insomma ben presto le mie remore sono scomparse e ho risposto con sempre maggior convinzione ai suoi baci.
E questa volta, al contrario di tutte quelle precedenti, lei non si è fermata e lì in auto, come due ragazzini - pensa te alla nostra età - ci siamo amati per la prima volta completamente.

Tutto bene, quindi: più chiara, più bella dimostrazione di interesse di così.

Ma chi io? Figuriamoci.

Stamattina stavo sulla "nuvoletta" e per alcune ore il mondo mi sorrideva. Poi nel pomeriggio, visto che avevo da fare una consegna e non potevamo vederci l'ho chiamata per dirle una cosa carina. Non ha risposto e quella cosa carina la segreteria telefonica me l'ha gelata sulla punta della lingua. È bastato questo piccolo contrattempo per scatenare nuovamente in me tutta quella ridda di supposizioni, di cattivi pensieri che la sera prima mi avevano investito come uno tsunami.

"Chi meno ama è più forte, si sa..." scrisse anni fa Herbert Pagani: starebbe a significare che per essere forti, per non soffrire non bisogna amare, non ci si deve lasciare andare, bisogna rinunciare al sentimento? E no, diamine, ci dev'essere una via di mezzo, un compromesso, un'alchimia, un solve et coagula delle relazioni amorose tra due persone.

****

Con il passare degli anni mi sono sempre di più sforzato di affinare l'arte del saper scegliere le cose da fare: quelle in buona sostanza, che mi sono sembrate utili e che non era più possibile rimandare. Tra esse ha via via acquisito sempre più importanza e senso compiuto il semplice e fascinoso, oltre che terapeutico "dolce far niente".

Sdraiarsi all'ombra di un pino marittimo nei giorni afosi di luglio mentre si mordicchia uno stelo d'erba e si gode della carezza della brezza sul viso accaldato, oppure restare pigramente accovacciati sotto il piumone nelle fredde mattinate di febbraio, magari ascoltando della musica classica: cos'altro potrebbe darmi una così intima, una più completa soddisfazione?

Ma quando mi prendono certi *chiari di luna*, lo so, è venuta l'ora di agire: devo fare qualcosa prima che, come altre prima di lei, Giuseppina mi dia il benservito a causa della mia ricorrente gelosia.

Fare qualcosa presto, cioè per la verità oggi, sùbito.

Me ne andrò nell'orto, su a San Faustin.

Dal grigiore di una miriade di occupazioni da me intraprese e con una certa dose di venalità benedette in quanto apportatrici di pecunia, spicca la smeraldina luminosità dell'unica Arte che sempre maledissi per la fatica che comportava il praticarla ma che grazie a mio padre fortunatamente appresi: quella della coltivazione dell'orto.

La magia di preparare il terreno zappandolo ed estirpandone le erbacce, di concimarlo con letame ben maturato, di tracciare i solchi ben allineati e poi di mettere a dimora le pianticelle di pomodoro, di basilico, di cavolfiore, di melanzana, di fagioli, di fave, di peperoni, di carciofi, a seconda della stagione.

L'ingegno geometrico delle costruzioni di canna erette a reggere i rampicanti dei piselli, dei fagiolini, dei pomodori, delle zucche. E quello idraulico atto a incanalare, a chetare nei solchi l'irruenza dell'acqua che scorre nel *beo* lungostrada.

La poesia del potare gli ulivi e la vigna del Vermentino e poi la bacchiatura e le olive che rotolano sulle reti stese o i grappoli posati delicatamente nei cavagni.

L'orgasmo di quella prima pera gustosa, addentata sbrodolandosi volutamente il mento con quel nettare; di quella fetta di pane casereccio condito con il primo *ruju* di quel liquido aspro e verdastro, che pizzica la gola; del gusto fruttato e acidulo di quel primo bicchiere di vino che si beve a novembre.

Me ne vado nell'orto: non conosco altre soluzioni, per adesso.

Mi metto lì con santa pazienza, magaglio una fascia, ci spargo qualche carrettata di letame e ci pianto mezzo quintale di patate che hanno già tutte un bel germoglio.

Così, nella consuetudine del gesto fisico, nel gusto salato del mio sudore e in quello neutro dell'acqua con cui mi disseto, nell'indolenzimento della mia schiena e delle mie braccia, nelle parole di sprone che mormoro, come a un figlio, a ogni patata che seppellisco sotto la terra, forse ritroverò un *Centro*.

Dove per *Centro* intendo una sensazione di consapevole equilibrio psichico. Uno stato d'essere che in certi momenti mi appare vivido, perfettamente raggiungibile e ancora più importante, costantemente a portata di sensi. Ma che a tratti, malgrado la mia buona volontà, improvvisamente scompare lasciandomi nuovamente come smarrito in una landa deserta dove il fantasma spaventoso della dipendenza emotiva vaga sghignazzando irriverente e incurante delle mie debolezze.

Qualcuno mi chiederà sarcasticamente: e cosa fai, vai nell'orto a trovare il centro?

E sì, vado nell'orto.

Lì, come dicevo, alle prese con rituali semplici e immutabili perché dettati da dinamiche che esulano dalla mia volontà e che posso solo perpetuare, lì riesco a riacquisire il ruolo che mi spetta di diritto, lì riesco a ritrovarmi, a calmarmi. E quando sono calmo e consapevole della mia forza, della mia capacità, ecco, in quel momento smetto di aver bisogno, smetto di dipendere.

Ed è allora, è solo in quel momento che riprendo pienamente a vivere.

Belin, quantu i parla!
Ricordando "U Buin"

Sono le sei del mattino di una domenica di metà agosto fine anni '80.

Io e Pierò ci incontriamo alle pendici del colle della Morghetta: andiamo a funghi.

All'inizio della settimana ha piovuto e poi il tempo si è rimesso al bello: l'ideale per far sì che le spore si sviluppino in meravigliosi "ombrelli" appetibili.

Naturalmente per me che sono cresciuto a valle e che di boleti so poco o niente, è un onore essere invitato da una tale autorità in materia. Un uomo per cui i funghi costituiscono una discreta fonte di guadagno oltre che di rispetto incondizionato da parte degli appassionati raccoglitori dell'intera vallata.

Non ho meriti particolari per questo invito se non la mia disponibilità, visto che le nostre proprietà confinano, ad aiutarlo in qualche lavoro dei campi particolarmente pesante.

Arrivano anche i datori di lavoro di suo figlio, sulla carta *fungaioli* esperti, invitati per ingraziarseli e scaricati poi sulle spalle del padre: conoscere le tacche dove nascono i funghi significa tornare a casa con il cestino pieno.

Dopo le presentazioni di rito si parte: si sale per circa un'ora, in fila indiana.

Gli esperti non smettono un istante di chiacchierare: parlano di niente, di qualche "sentito dire", di belinate.

A metà del colle, dove il sentiero costeggiato da ginestre

e lentisco si biforca, stanco dell'inutile sproloquio dei nostri accompagnatori, Pierò si ferma e con la scusa di abbracciare in tutta la sua estensione l'intero colle suggerisce di dividerci: lui ed io da una parte, i fungaioli esperti dall'altra. L'appuntamento è per mezzogiorno nello spiazzo a fondovalle dove abbiamo lasciato le macchine.

Scarpiniamo per un'altra ora poi ci fermiamo a riposare e a fare colazione: pane, caciotta e un bel sorso di nostralino rosso, ché quello dà forza.

Le parole sono contate.

Sto per accendere una sigaretta ma il vecchio me lo sconsiglia: - *Mia che a duvemu muntà ancù pé in belu tocu*[1] si limita a dirmi sorridendo. Riprendiamo la salita e mentalmente lo ringrazio del consiglio: il sentiero qui si fa ripido mentre il sole, che intanto ha fatto capolino, ha cominciato a scaldare l'aria.

Camminiamo ancora per circa un'ora, salendo, ma poi il sentiero si fa quasi pianeggiante. Infine entriamo in un boschetto fitto di castagni: mille sfumature di verde, ombra trafitta dai raggi del sole che filtrano tra i rami, atmosfere che rievocano le fiabe che si raccontano ai bambini prima di dormire.

Dopo un centinaio di metri giungiamo in una piccola radura completamente circondata dagli alberi - e quindi virtualmente invisibile - e inondata dal sole.

Lo spettacolo che si presenta ai miei occhi mi lascia esterrefàtto: porcini soprattutto ma anche sanguigni, *tèulle* e galletti, ben in vista, sani, delle più svariate dimensioni. Mai vista una tacca così!

Il vecchio si allontana di qualche decina di metri e dopo aver frugato nel sottobosco mi fa segno silenziosamente di avvicinarmi e utilizzando il bastone che ha usato per arrampicarsi mi indica, più nascosti, gli ovuli. Rimango a bocca aperta: mai trovata quella qualità di funghi, bisogna veramente sapere dove crescono.

Li raccogliamo e il vecchio li mette in un sacchetto di tela umida che ripone poi nel suo zainetto. Dopo ritorniamo sui nostri passi e iniziamo a raccogliere gli altri.

Il mio accompagnatore, occhio fino e marpione di due cotte, finge di non vedere il porcino più grande - sette, otto etti - e me lo lascia come preda:

- *Stu chi, pöi, a ghu u damu ai fuèsti, che tantu grosci cuscì qandu ti-i cöxi i ven moli e i nu san de nièn*[2] afferma perentorio.

- Ma li avranno trovati anche loro - ribatto un tantino risentito per la forzata rinuncia.

Mi guarda con una espressione tra l'incredulo e lo scanzonato e non aggiunge altro.

Dopo aver riempito i cestini, li copriamo con un panno inumidito, beviamo un altro sorso di vino e ritorniamo sui nostri passi.

Giunti a valle incontriamo gli "esperti": le loro lamentele e i loro cestini quasi completamente vuoti la dicono lunga sulla malizia del vecchio.

Regalo "generosamente" delle *tèulle* e dei galletti ai chiacchieroni che forse indispettiti e quasi che la cortesia fosse loro dovuta, ringraziano a stento. Poi è la volta del vecchio che cerimoniosamente prende l'enorme porcino e lo porge ai suoi "ospiti": *"cuscì a fa bela figüa"*[3] asserisce con un sarcasmo che però, a causa della loro cupidigia, non viene colto.

È il momento dei saluti: grandi pacche sulle spalle, strette di mano e commenti che fanno indovinare le balle che in seguito verranno raccontate a valle.

Noi due, sorrisi d'occasione stampati in volto, dopo aver salutato la comitiva ci avviamo verso casa stanchi e a questo punto affamati.

Quando la mulattiera che ci porta su al casone fa la prima piega e restiamo nascosti alla vista, Pierò si arresta, si volta, mi guarda con una espressione indispettita e furba, da vecchio satiro, disegnata su quel suo viso beffardo scolpito dalle rughe del tempo ed esclama:

- *Belin ma quantu i parla!*[4]

E.A. 1623-1647

Nella storia del genere umano, si sa, succede spesso che il fine giustifichi i mezzi.

Per uno di questi casi, nel milleseicentoquarantasette, all'età di ventiquattro anni, Elisabetta Ascelli perse la vita.

Elisabetta era la dama di camera della consorte di Don Michele Donzella, Barone della Morghetta e Podestà di Agaggio.

Tutto era iniziato con delle voci, dei pettegolezzi che avevano preso a circolare al mercato. Voci che raccontavano di come in certe notti il lume di Elisabetta restasse acceso fino a tardi e la sua ombra vagasse nella stanza mentre si udivano recitare strane invocazioni e intonare inni che venivano interrotti quando da brevi urli di dolore, quando da sospiri sensuali.

Poi venne il sermone di Fra' Pantaleo da Malvito che in una mite domenica di maggio, prima dell'*Ite, Missa est*, aveva tuonato dal pulpito tutta la condanna, tutta l'ira, tutta la maestosa violenza divina che si sarebbe abbattuta su quanti avessero deviato dalla retta via e su tutti coloro che li avrebbero protetti non esponendoli al sacro giudizio di Santa Madre Chiesa.

Infine era comparsa una denuncia ufficiale.

Essa era giunta nelle mani del priore dell'abbazia di Agaggio e ovviamente era stata inoltrata al vescovo. Questi, dopo discrete indagini locali e avendo accertata la presenza di eventuali testimonianze, aveva deciso di informarne il Vaticano.

Da Roma prima inviarono un loro delegato per indagare e in seguito autorizzarono l'istruzione del processo.

Nel chiuso delle loro casupole, le comari del borgo

bisbigliavano che tutto fosse stato architettato da Donna Ermelinda Lanteri, la moglie del Podestà.

Una delle sue dame di compagnia era stata vista dalle popolane introdursi furtivamente a ore tarde della sera, nella sacrestia dell'abbazia. E questo, si presumeva, per consegnare personalmente al priore il plico che recava la denuncia.

Ma nessuna di loro avrebbe mai osato farsi sfuggire di bocca neppure una sola parola in pubblico.

Il clima che si respirava in paese da quando erano arrivati i tre domenicani da Roma per il processo era di sospetto e di paura.

Comunque stessero le cose, dopo oltre tre mesi di detenzione nella fortezza di Agaggio, decine di interrogatori e qualche ora passata da Elisabetta nella sotterranea sala delle torture, il tribunale della Santa Inquisizione sentenziò e condannò in via definitiva.

Il quattordici ottobre milleseicentoquarantasette, alle prime luci dell'alba e davanti alla folla dei contadini obbligati ad assistere all'esecuzione, Elisabetta Ascelli, la strega, fu decapitata. Il corpo fu poi bruciato e i resti furono seppelliti in terra sconsacrata.

* * * * * *

- Coraggio figliola, bevi un sorso di vino, ti farà bene, ti darà sangue.

La donna, raggomitolata su se stessa, giace esangue sul lastricato di ardesia grigia: respira a fatica e sul volto, sulle mani e sotto le piante dei piedi, porta i segni dell'interrogatorio subìto. I suoi occhi sono sbarrati in una richiesta di aiuto, di pietà.

Le sue vesti sono lacere e stracciate e lasciano scoperte parti del suo corpo. I corti capelli biondi, sudati, sono appiccicati a ciocche sul viso e gli occhi azzurri arrossati, il naso affilato, la labbra sottili strette fino a diventare esangui, esprimono tutto il terrore per ciò che le sta accadendo.

I giudici si sono ritirati e hanno emesso la sentenza e tocca a Fra' Pasquale da Pietrapennata la triste incombenza di confortare la povera sventurata.

Il francescano ha prima lottato per impedire ai suoi occhi di andare ancora a lambire i seni e le gambe della donna che gli strappi dell'abito lasciano semiscoperte.

È riuscito infine a posare lo sguardo su di lei senza provare tentazione e dopo averla osservata per qualche attimo ha sentito nascere in lui un grande senso di pietà per quella creatura spaventosamente sola che sta soffrendo atrocemente.

Qualche ora prima, dopo l'ennesima sevizia, le scarpe spagnole, la donna ha confessato le colpe di cui veniva accusata.

Fra' Pasquale sa delle accuse di blasfemia, di pratiche eretiche e di rapporti carnali con il Nemico del genere umano, ma davanti a sé non vede altro che un corpo piegato dalle sofferenze e una povera anima bisognosa di conforto e di riparo.

La donna riesce con qualche sforzo a rimettersi seduta: piange e trema violentemente e boccheggiando emette solo un lungo gemito.

Il frate le si avvicina e lei, terrorizzata, si riaggomitola in un angolo, contro la parete.

Lui si china sulle ginocchia, le offre una pezza umida e con l'altra mano la coppa di rame con il vino. Lei esita e allora l'uomo mette da parte il panno e posa a terra il calice; poi si alza e raccolta da un mucchio di stracci poco distante una lurida mantella di lana, la scuote e la poggia delicatamente sulle sue spalle.

Elisabetta, inizialmente guardinga, finisce per rendersi conto delle buone intenzioni del frate e scrollando le spalle si rifugia sotto la copertura lasciandosi andare a un pianto se possibile ancora più amaro e disperato.

Il monaco riprende la pezzuola bagnata e la passa delicatamente sul viso della donna a cancellare lo sporco rigato dalle lacrime. Raccoglie poi la coppa e la porta alla bocca della sofferente che a piccoli sorsi beve il vino sentendolo scendere a scaldarle lo stomaco e a ridarle un briciolo di vita.

Dopo qualche tempo, quando la donna sembra essersi un

po' tranquillizzata, lui si rialza lentamente, si siede su uno sgabello lì dappresso e le parla:

- Cosa ti ha ridotto così? Di quale dannazione sei schiava? - le chiede giungendo le mani in segno di preghiera.

Lei lo guarda per un tempo interminabile fisso negli occhi e sul suo viso passano veloci come nubi primaverili espressioni prima di stupore, poi di sarcasmo e infine di profonda amarezza.

- L'amore di un uomo, padre, e la solitudine forzata mi hanno ridotto così - replica infine Elisabetta senza abbassare lo sguardo, mentre grosse lacrime le scendono sul viso.

- Come può un gesto d'amore averti ridotto in questo stato, in questo degrado, in questa perdizione? - ribatte lui severo - l'amore che Iddio ci insegna e ci raccomanda vince sempre sul male e sulla dannazione.

- Amore terreno, padre, quello tra un uomo e una donna, quello, sì, quello che voi non conoscete.

- Taci, peccatrice - sbotta il religioso, ma l'ovvietà di quell'affermazione gli tronca il rimprovero in gola.

Elisabetta china e rialza il capo più volte: sembra cercare sul viso del monaco il coraggio per liberarsi di un grande peso morale.

- Tutto iniziò in primavera. Donna Ermelinda era andata a fare visita alla famiglia degli zii Lanteri dei Vignai e si sarebbe fermata lì per qualche giorno. La padrona aveva portato per servirla la giovane Annina e aveva lasciato me a dirigere la servitù rimasta a casa. Avevo qualche attimo in più da dedicare alle mie cose e quella mattina avevo deciso di risistemare a dovere la camera dove ero ospitata.

Stavo quindi arrampicata sulla scala a pioli e mi sforzavo di sistemare sulla mensola più alta dell'incavo ricavato nel muro un grosso involucro contenente indumenti invernali di lana.

Il peso notevole dell'involucro e il mio scarso equilibrio stavano per vincere le mie forze e farmi cadere all'indietro quando sentii la scala vibrare e un attimo dopo avvertii il peso di un corpo che schiacciava il mio contro la scala stessa e due braccia forti che afferravano il fardello e lo sistemavano sulla mensola in alto.

La donna porge al frate il calice vuoto in una muta richiesta di dissetarsi. Lui lo prende, lo riempie d'acqua e glielo restituisce.

Lei beve avida fino a svuotare la coppa, respira profondamente e riprende il racconto:

- Ma una volta scongiurato il pericolo quel corpo non si staccò dal mio e anzi continuò a premere contro di me e dopo qualche attimo capii che si trattava di un corpo maschile.

- Poi l'uomo si chinò e afferrati i lembi della mia veste iniziò a sollevarli e io provai il brivido provocatomi dalle sue mani bollenti che accarezzavano le mie gambe nude. Me sventurata! Con il suo alito caldo mi bisbigliava parole dolci e invitanti alle orecchie e le sue mani non smettevano un attimo di frugare sotto le mie gonne. Prima che potessi veramente rendermi conto di quanto stava accadendo Don Michele, perché di lui si trattava, mi aveva sollevato e mi aveva sdraiato delicatamente sul pagliericcio lì accanto e, aveva sollevato le mie vesti lasciando nuda e indifesa la mia natura.

Poi prese a denudarsi anche lui e una volta slacciata la cintura di cuoio che reggeva il pugnale e allentata la cordicella che gli teneva le brache strette alla vita, fu la sua di natura a mostrarsi in tutto il suo turgore.

- Taci demonio che già tanto hai peccato - la interrompe Fra' Pasquale senza però poter negare a se stesso il turbamento provato nell'ascoltarla.

- Perdonatemi padre perché ho peccato, lo so, perdonatemi. Non seppi resistere al languore che mi pervadeva. Fu forse la primavera che stava risvegliando la natura. O forse fu l'ennesima notte agitata trascorsa in solitudine, piena di sogni peccaminosi, di carezze impronunciabili. Carezze sentite raccontare dalle altre donne ma a me malgrado avessi ormai ventiquattro anni, sempre negate. All'età di dodici anni la mia famiglia mi aveva messo a servizio dei Donzella in cambio della mezzadria di un uliveto sull'Oxentina.

Quando Donna Ermelinda andò in sposa al Podestà mi volle come dama di camera. Crescendo più d'un pretendente venne a chiedere la mia mano ma lei rifiutò sempre.

- Così, padre, quelle carezze mi colsero indifesa, debole e non seppi resistere alla tentazione di quelle braccia forti che mi stringevano, di quelle mani che mi facevano provare sensazioni mai provate prima. All'inizio fu doloroso ma il male subitaneo venne presto sostituito da un piacere sconosciuto, che mi toglieva il fiato, che annullava la mia volontà e cedetti completamente.

- Dopo quella prima volta, agevolata dall'assenza della signora, il fatto si ripetè in parecchie altre occasioni. Don Michele si fece sempre più esigente. Mi ripeteva che voleva me, che la sua consorte non rispettava i suoi doveri coniugali trovando sempre scuse diverse, che lui si sentiva ancora forte e che io ero così bella, così giovane. Io, lusingata da quelle parole, sentivo la mia volontà dissolversi e gli cedevo nuovamente ricadendo nel peccato.

La voce della donna assume ora toni ancora più drammatici:

- L'insana relazione andava avanti da qualche settimana quando una mattina, mentre Don Michele e io ci scambiavamo effusioni, irruppe nella mia stanza la padrona. Lui non si scompose più di tanto: risollevò le braghe calate e snocciolando maledizioni irripetibili si allontanò. Lei aspettò che il consorte si fosse allontanato e poi fece subito chiamare due guardie a cui ordinò di legarmi e di battermi con il frustino fino a farmi sanguinare. Infine mi fece chiudere a chiave nella stanza e da quel momento mi fece nutrire a pane e acqua.

- Ma il dramma completo si consumò quando a seguito di miei ripetuti capogiri e nausee la padrona capì che già portavo in grembo il frutto di quella peccaminosa relazione.

Prima, nottetempo, fui legata, imbavagliata, nascosta sulla portantina di Donna Ermelinda e condotta alla baracca di Ginevra la pazza, fuori le mura. La megèra preparò un intruglio schifoso che fui obbligata a ingurgitare e che nel giro di dodici ore mi procurò tra atroci dolori la perdita della creatura che cresceva in me.

Poi, per cancellare ogni traccia della relazione e lavare l'onta del tradimento, Donna Ermelinda architettò il piano che prevedeva di denunciarmi per eresia. Dopo avermi fatta rinchiudere nel basso della casa ordinò alle serve di lasciare acceso il lume nella mia camera per qualche notte. Poi con l'ausilio di generose donazioni di cibo e di qualche scudo d'argento le convinse a lanciare urli e strani sospiri di notte e la trappola fu pronta.

- Quando le strane voci sul mio conto cominciarono a diffondersi al mercato, ella fece chiamare il notaro e gli fece redigere un documento in cui esse venivano elencate e con il quale si chiedeva all'autorità religiosa di ricavarne le debite conclusioni e di prendere i provvedimenti del caso. Una vecchia dama di compagnia di cui la signora si fidava ciecamente fu inviata a ora molto tarda a consegnare direttamente nelle mani del priore il documento e dopo, padre mio, dopo, ebbene eccomi qua alla fine del mio calvario - conclude Elisabetta mentre altre lacrime inumidiscono nuovamente i suoi occhi.

- Tu menti - prova ad insinuare il frate - come puoi sapere tutto ciò se eri imprigionata prima nel basso del palazzo e poi nelle segrete della fortezza? - le chiede fissandola con severità.

- Una santa donna, padre, una serva caritatevole, una donna che mi vuole bene per avermi fatto da madre quando a dodici anni fui portata a forza nella residenza del Podestà. Una notte, corrompendo le guardie, è riuscita a introdursi qui nella mia cella e a consolarmi per qualche minuto. Ecco come sono venuta a conoscenza della mia rovina.

L'uomo ha bevuto fino all'ultima goccia l'amaro calice di quello che crede sia la verità. La pietà che prova per la donna che giace ai suoi piedi - povera figlia dell'Altissimo così traviata dal peccato - si alterna all'ira che prova per un tale palese atto di ingiustizia.

Viene distolto alle sue riflessioni dal suono dei tamburi che hanno iniziato a rullare per dare il via all'esecuzione: ora verranno, prenderanno la donna e la porteranno sul patibolo.

I gemiti di lei salgono ora di intensità ed ella infine sbotta implorando:

- Vi prego padre, perdonatemi, datemi l'assoluzione.

Il religioso non può fare a meno di chiedersi con amaro sarcasmo che diritto abbia lui di perdonare, di assolvere. Lui, rappresentante di una Chiesa che se da una parte usa il pugno di ferro nella condanna di chi ha sbagliato e non ha sufficienti forze per difendersi, dall'altra si guarda bene - in nome di antiche e salde alleanze - di profferire la benché minima censura nei confronti del potente di turno, quando questi si macchia di delitti orrendi.

Ma la supplica della donna si è fatta ora impellente e straziante e sarebbe troppo crudele privarla anche di quest'ultima stilla di pace e di speranza. Viene per un istante trattenuto dal pensiero delle conseguenze che ne patirebbe se qualcuno lo stesse spiando e ne andasse a riferire ma infine la pietà prevale ed egli alza la mano e tracciando il segno della croce in aria sentenzia:

- *Ego te absolvo in nomine Patrii, Filii et Spiritus Sanctus, Amen.*

Elisabetta china gli occhi e finalmente sembra placarsi.

Il frate prende dalla tasca del saio una boccetta che contiene olio santificato, la stappa, si unge il pollice destro e mentre bisbiglia la formula di rito, traccia il segno della croce su occhi, orecchie, narici, labbra, mani e piedi della sventurata.

Ha da poco terminato il rito quando le guardie entrano nella cella in compagnia di Padre Anselmo da Borgo S. Dalmazzo, il suo priore, che accompagnerà la donna al patibolo.

I militari incappucciano Elisabetta e la conducono via legata a una fune.

Fra' Pasquale risale dalle sicure della fortezza seguendo il lugubre corteo ma all'imbocco di un carugio ancora quasi completamente immerso nell'oscurità, si separa dalla condannata, dalle guardie che la strattonano e dall'altro religioso.

Percorre velocemente la viuzza che attraversa il paesello, entra nell'abbazia, taglia per il chiostro e si ritira nella sua piccola cella.

Si inginocchia e rivolgendosi alla croce appesa al muro inizia a piangere. E nella sua umiliazione, in quel gesto così intimo, pregare, rivolgersi a quel Simbolo, a quel volto segnato dal dolore, diventa pratica non solo necessaria ma addirittura impellente.

- Signore, Cristo sulla croce, tu conosci ogni singolo passo, ogni fase di questa esistenza che mi ha condotto al tuo cospetto in questo freddo mattino. Tu sai della mia infanzia e della mia prima giovinezza laggiù nelle Calabrie, nella casupola dei miei genitori, con i fratelli e le sorelle. Tu sai del duro lavoro nei campi che bastava a malapena a sfamarci, sfruttati com'eravamo dal padrone. Tu sai del dolore straziante, della paura che provai, che noi tutti bambini provammo, quando nostro padre, nostra madre e una delle nostre sorelle morirono di pestilenza a distanza di pochi giorni l'uno dall'altra. E del senso di smarrimento che investì noi figli quando vuoi per misericordia vuoi per bieco tornaconto, fummo sparpagliati e divisi: i miei due fratelli al servizio del principe Colonna, le mie altre due sorelle nel monastero della Madonna dell'Alica e io, il più piccolo, nel Convento dei Frati minori Conventuali.

- Tu conosci una per una tutte le umiliazioni, le botte, le privazioni a cui dovetti sottostare per garantirmi un tozzo di pane quotidiano e i sacrifici che dovetti poi fare per studiare, per arrivare all'Ordinazione, di notte, a lume di candela, dopo una giornata di duro lavoro o di elemosina in giro per le campagne. Tutto ho sopportato, per anni, con umiltà, con dedicazione, con fede e l'ho fatto per l'amore che ti porto, per il rispetto nella tua Parola, per l'orgoglio di poterla divulgare e condividere, per il privilegio di vedere su di un volto, anche uno solo, la luce della speranza che il tuo messaggio ha portato. Ma ora, mio Signore, di fronte al dolore, al cospetto dello strazio e del martirio di una povera peccatrice dimmi cosa debbo fare per tenere salda una fede che sento venir meno?

L'enormità di quanto appena affermato lo coglie di sorpresa per la sua intima veridicità e mette a nudo la profondità del suo travaglio interiore. Fra' Pasquale fa appena in tempo a provare un forte capogiro, prova a risollevarsi ma le forze improvvisamente gli mancano e stramazza a terra svenuto.

Riapre gli occhi dopo pochi minuti. La cella è ancora buia e a parte il fruscio della brezza del mattino e il primo canto del gallo in lontananza, non si ode il minimo rumore.

Ripensa alla sua invocazione: una umile richiesta di aiuto, anche quando la sua voce ha profferito quelle enormità tali da avergli provocato una perdita di coscienza. Lui però sa anche che quella preghiera si è poi trasformata in un atto d'accusa. Un atto d'accusa che gli martella nella mente e dal quale sa che non potrà recedere.

Piangendo Pasquale trae da sotto il pagliericcio una piccola cassa di legno, ne solleva il coperchio e ne trae un paio di brache, una veste sdrucita e sporca di lino grezzo, una giubba di pelle di pecora, un paio di zoccoli di legno e un cappellaccio di paglia, di quelli in uso ai villani. Tutto quello che possedeva quando gli fu fornito l'abito talare. Lentamente scioglie il cordone, si sfila il saio e si toglie i sandali di cuoio. Poi, rabbrividendo, si riveste ma tarda a calcarsi in testa il cappello perché infine si inginocchia nuovamente di fronte alla croce:

- Signore, non riesco più a fingere che tutto ciò sia a fin di bene, di purificazione. Se servirti deve significare ignorare l'ingiustizia che in nome tuo viene perpetrata, preferisco fuggire e vivere braccato dalla condanna di questa Chiesa che applica severamente le sue regole ma sembra aver scordato il senso stesso del tuo messaggio, sembra non sapere più cosa siano la giustizia e il perdono. Di questa Chiesa i cui emissari romani vivono nello sfarzo e hanno pretese da nobili mentre il popolo è oppresso dalla fame, dalla miseria, dalle malattie, dall'ignoranza.

- Se tacere a proposito di questa ingiustizia è il prezzo che devo pagare per avere assicurata la scodella di minestra e il tozzo di pane quotidiano, io vi rinuncio. Se accettare questo compromesso è quanto mi si chiede per glorificare la potenza della tua chiesa, io non posso accettare, io debbo rinunciare. Preferisco portare sulle spalle il peso dell'infamia ereticale perché alla Regola francescana mi sono votato e ad essa non intendo trasgredire, ad essa intendo ritornare con i pensieri, le parole e le opere. Lascio questo rifugio e vagherò fino a trovare una grotta dove vivrò in solitudine, in povertà e in castità, pregando il tuo nome ed elemosinando un tozzo di pane. Abbi pietà di me, amen.

Raccoglie poi un piccolo fardello legato a un nodoso bastone e silenziosamente, con circospezione, dopo aver lasciato il convento da una porticina isolata che dal fondo dell'orto immette direttamente nei campi, si allontana velocemente dal piccolo borgo, prima che i suoi confratelli per la preghiera e i villici per il duro lavoro quotidiano, ritornino dall'aver assistito allo scempio della povera Elisabetta.

U paise

Il falò di S. Benedetto

1

Bedè *u brütu*[1] scrutava con aria serena il nitido tramonto. Seduto sul gradino lastricato d'ardesia cotta dal sole di generazioni, aspirava con evidente soddisfazione il fumo della sua sigaretta di trinciato forte, precedentemente arrotolata tra le grosse e callose dita.

Le fresche raffiche di grecale che soffiavano da nord-est increspavano le onde e spazzolavano le spiagge deserte giù alla marina, prima d'arrampicarsi per i valloni delle Perriane e di Santa Lucia frustando le cime degli ulivi. Fascia dopo fascia[2] seguivano il profilo della collina, dalle rovine del castello di Taggia in su fino alla Zotta, oltre la fontana dell'Albareo e infine, raggiunta la sommità della costa, declinavano verso Beuzi e il fondovalle Armea.

Il vento portava fragranze di mare frammiste all'odore della terra appena magagliata[3]. Qualche fascia più a valle i tordi volavano da un ramo all'altro alla ricerca di qualche oliva dimenticata e mentre il sole si coricava a ponente, dietro il promontorio di Cap Ferrat, incendiando il cielo di rosso, Bedè in silenzio ascoltava dentro di sé la soddisfazione dell'uomo operoso che è a buon punto nel suo lavoro.

Il raccolto delle olive era stato abbondante e la frangitura aveva dato una buona resa; la campagna era tutta dissodata e la terra era pronta alla semina che in pochi mesi avrebbe dato i suoi frutti. I *maxéi*, gli antichi muri di contenimento in pietra a secco che erano serviti a terrazzare le alture prospicienti Taggia e un po' tutto l'entroterra ligure, erano solidi e ritti; la vigna avrebbe presto cominciato a germogliare e le piante d'olivo erano quasi tutte potate e concimate. Aveva piantato mezzo quintale di patate da semina in ordinati solchi, nelle due fasce dietro la vasca d'irrigazione e...

Il nitrito di Frida che giù nella stalla reclamava biada, interruppe i suoi pensieri: si alzò lentamente e stirandosi la schiena stanca si accinse a preparare la razione serale di cibo per tutti gli animali.

Era a metà della piccola e tortuosa scala tagliata nel maxé, che scendeva alla stalla, quando vide salire dalla mulattiera Gianni *u Castelin*. Aveva il passo spedito e un sorriso beffardo illuminava il viso contornato dai lunghi capelli lisci e folti.

- *Ti séi muntàu a-agiutame, gàina* -[4] chiese sfottendo Bedè e ridendo gli porse un bicchiere di nostralino.

- *A l'amu truvàu u camiun* - esclamò Gianni - *nui a sému prunti a partì pè andà in Piemunte a caregà e legne p'ù faö: tu ch'ò ti fai, ti vegni?* [5]

Dopo alcune ricerche infruttuose, finalmente il camion per trasportare il legname era stato trovato. Sarebbero partiti subito per Garessio dove l'indomani all'alba avrebbero caricato i tronchi già tagliati e accatastati, lasciati lì sul ciglio della strada dalle squadre della Forestale dopo l'ultima pulizia del bosco. I tronchi e le fascine sarebbero serviti, ritornati a Taggia, per preparare i falò da bruciare in onore di S. Benedetto, patrono del paese.

2

Benedetto, detto Bedè, pregustò l'atmosfera che andava creandosi: avrebbero incontrato gli amici di Garessio e soprattutto lui avrebbe rivisto Giovanna dopo parecchio tempo.

Il mattino successivo, dopo aver caricato il legname avrebbero fatto ritorno a Taggia per sistemare i tronchi in un'enorme pira che col far della notte sarebbe stata data alle fiamme.

L'allegria della festa avrebbe pervaso tutto il paese e tutti ne sarebbero stati contagiati.

Si affrettò, con l'aiuto di *Castelin*, a cibare le galline, i conigli, le capre e la cavalla e dopo aver riparato nella stalla le bestie i due amici si avviarono giù per il viottolo che in mezz'ora di cammino li avrebbe portati in paese.

Quando vi giunsero fecero una breve sosta da *Vivado* per gustare i *marunzin* al cioccolato che la Pina aveva appena sfornato. Bevvero un bicchiere di rosso e subito proseguirono verso il bar di Tunin dove il resto della loro compagnia li stava aspettando per muoversi.

Le botteghe del *Pantan* esponevano la loro merce sopra banchetti sistemati al riparo dei portici e la via, a quell'ora, era abbastanza popolata. Qua e là si formavano capannelli di persone e dai bar echeggiavano le risate degli avventori e la musica.

Ogni tanto lo scoppio improvviso di un petardo spezzava il quieto affaccendarsi paesano. Dalla routine quotidiana però, traspariva l'eccitazione per l'imminente evento festivo.

Nell'osteria l'atmosfera era già abbastanza calda: Alessio suonava alla chitarra il solito pezzo di Guccini e Tunin, l'oste, cantava. Nello, Silvio *il Postino*, Pasquale *Patreternu*, Minetto, Danilo *lo squalo*, Gigino, Banano e Silvano *Levaive* erano impegnati in un diverbio ad altissimi toni sul come cucinare a puntino la murena: qualcuno diceva in umido, qualcun altro invece asscriva che senza alcun dubbio andava messa in una teglia e poi al forno.

Milena e Nadia, le figlie di Tunin, mescevano il nostralino e contemporaneamente, mentre badavano ai bambini, servivano la cena agli abituali clienti: Pietro *l'impresario*, Gabriele, Maria *a Ghega*, la vecchia Giuanina Bracco con il figlio Dino e l'ex ballerina d'avanspettacolo, ora in pensione, signorina Patti.

A un tavolo appartato sedevano Guerino il camionista e Nini Panzironi mentre in cucina la Rina aggiungeva una foglia d'alloro allo stufato di stoccafisso *a-a baucögna*.[6]

Bedè, che era un ottimo cuoco, mise tutti d'accordo asserendo che la murena andava cotta allo spiedo e dopo aver chiamato il suo giro di rosso si rivolse nuovamente agli altri dicendo:

- *Sciù a Gaèsciu i n'aspèita: a l'è meju ca se bugéme!* [7]

- Eh, l'amore… - sentenziò Pasquale con sottinteso lasciando la frase in sospeso.

Le risate salirono di tono e i bicchieri tintinnarono mentre Bedè mugugnava qualcosa di incomprensibile.

Tutti vuotarono il loro bicchiere e dopo aver salutato sei di loro si mossero verso l'uscita. Bedè salì sul *Tigrotto* di Guerino mentre Alessio faceva accomodare sulla sua scassata utilitaria Nello, Pasquale e Gianni *Castelin*.

Giunti ad Arma incrociarono l'Aurelia e presero a levante, verso Imperia. Alla loro sinistra intravedevano nell'oscurità le serre dei garofani e delle rose destinati al mercato di S. Remo. Alla loro destra la ferrovia correva parallela alla nazionale che stavano percorrendo verso est.

Sulla scogliera sottostante si infrangevano le onde di cui, alla luce bianca della luna, si intravedevano le creste spumeggianti. L'aria notturna di febbraio era ancora fredda e il cielo era stellato.

L'eccitazione infine pervase gli occupanti dell'automobile che improvvisarono un coro sguaiato sul motivo di *Genova per noi* di Paolo Conte.

Sul camion invece la conversazione tra Bedè e Guerino spaziava dai funghi porcini alla caccia al cinghiale, dalla coltivazione dello sprengeri ai pronostici sull'ordine d'arrivo della Milano-Sanremo che si sarebbe corsa il mese successivo.

Una volta a Oneglia svoltarono a monte sulla Statale 28 del Col di Nava e dopo i primi chilometri di falsopiano, superato Pontedassio, la salita si fece più ripida, le case sempre più rare e al loro posto la vegetazione s'infittì.

I raggi lunari che penetravano in quella massa oscura che scorreva sotto i loro occhi offrivano loro lampi e sprazzi surreali di rara suggestione.

Superarono la cima del Colle di S. Bartolomeo e una lunga

serie di curve in discesa li riportò a fondovalle.

Qui, oltrepassato il ponte sul torrente Arroscia, entrarono nell'abitato di Pieve di Teco: gli ultimi passanti si affrettavano verso casa dove il caldo della stufa a legna e degli affetti familiari li attendeva.

Nello e Pasquale, ammiccando, iniziarono a criticare Alessio per il suo modo di affrontare le curve e il *Castelin*, sorridendo alla burla, pensava che presto anche loro si sarebbero seduti al caldo, a una tavola imbandita, in compagnia degli amici e questa prospettiva lo rallegrò.

Lasciatasi dietro le luci di Pieve, la statale s'inerpicava nuovamente ripida tra castagneti ed abetaie e dopo i piccoli abitati di Pornassio e Case Rosse con un'ultima rampa giungeva a Nava, in cima al colle.

Attraversarono il centro turistico a quell'ora ormai quasi deserto: dai finestrini della vecchia utilitaria s'intravedevano le luci delle case e di un paio di bar dove qualche avventore si era attardato. Superarono lo spartiacque e affrontarono la ripida discesa che li portò a Ponte di Nava; dopo vennero le luci di Cantarana e dopo alcuni chilometri di leggera pendenza, l'abitato di Ormea, che oltrepassarono velocemente.

La luna infine illuminò i primi rettilinei d'asfalto: erano finalmente a valle. Solo qualche altro chilometro ed eccoli infine a Garessio dove Tonò e Pierin, che li aspettavano in piazza, li accolsero calorosamente e li accompagnarono a casa.

3

La cascina distava qualche centinaio di metri dall'abitato.

Oltrepassato il portone ci si trovava in un piccolo atrio da cui partiva una scala che saliva al piano superiore. Dal lato opposto, attraverso una porta vetrata, si entrava in una grande cucina. Nell'angolo opposto alla porta d'entrata, una grande stufa di ghisa alimentata con grossi ciocchi di castagno teneva caldo l'ambiente e gli animi.

Attorno al lungo tavolo alcune persone già sedevano. Un rapido, discreto sguardo in giro e con un certo disappunto Bedè vide che Giovanna non era tra i presenti.

Gli altri intanto si stavano accomodando: i bicchieri furono presto riempiti con ottimo Ormeasco e la conversazione si animò tra i racconti del bosco e la cronaca di qualche scorribanda serale a Torino.

Il pane e il salame casereccio, lasciarono presto il posto sul grande tagliere di legno a una fumante polenta che Mario aveva amorevolmente cucinato nel grande paiuolo sopra la stufa. Venne servito anche il cinghiale in una enorme casseruola e tra i complimenti allo *chef*, il vino e le risate, i piaceri della tavola e quelli della compagnia, il gruppo di compagnoni rinfocolò un'amicizia e una complicità che gli anni e le bisbocce avevano reso pressoché inossidabili.

Più tardi Bedè, uscito per fumare e per prendere un po' di fresco, rifletteva:

- *Puscibile che Giuàna a s'a sece tantu pijà a mà, l'ürtimu vièigiu ch'a se sèmu visti, da nù fasse vié pe' tüta a seja?*[8]

Si erano visti a Taggia in occasione della fiera di S. Lucia e dopo una serata passata allegramente in compagnia, rimasti soli lui le aveva esternato il suo sentimento e le aveva chiesto di venire a vivere con lui alla Zotta. C'era qualcosa di magico nell'atmosfera di quell'attimo e una dolcezza sconosciuta lo aveva pervaso. Non uso al dialogo e alla confidenza, la stava ad ascoltare stupito e incapace di dare un valido apporto alla conversazione. Si sentiva così grossolano di fronte alla grazia naturale di lei, dei suoi gesti, delle sue parole. Sentì di provare per lei una grande riconoscenza e si commosse: persa un po' l'innata riservatezza e la consueta timidezza, avvicinò istintivamente il proprio viso al suo per baciarla. Lei si era ritratta e seppur con un velato sorriso, dopo un lapidario *"corri troppo, amico"* era corsa via a raggiungere gli altri.

La delusione che aveva provato inizialmente era stata

sostituita, col passare dei giorni, dalla speranza di rivederla presto e poterle ancora parlare.

Così quando gli amici giù in paese gli avevano detto che quest'anno avrebbero preso i tronchi per il falò a Garessio, dove lei viveva, aveva riso dentro di sé per l'occasione che gli era stata data di rivederla, di scusarsi, di chiederle un'altra opportunità. E di poterlo fare senza dover troppo esporre il suo sentimento in pubblico, come per casualità.

Ma l'aspettativa era andata delusa: stasera lei non si era vista e fors'anche accentuata dall'Ormeasco, Bedè sentì una profonda tristezza pervaderlo e infreddolitosi rientrò.

L'atmosfera all'interno lo rincuorò un poco: tutti ormai si stavano ritirando nelle camere al piano superiore e per qualcuno salire le scale era impresa difficile a causa delle gambe appesantite dalle abbondanti libagioni e dal vino. E naturalmente questo provocava negli altri scoppi di risa e dileggi.

Ma infine tutti trovarono una sistemazione e pian piano i rumori e le voci si spensero.

Bedè, nel suo letto, ascoltando nel silenzio il russare quieto di Nello, pensò:

- *A puxéva esse ina bella stòia tra mi e véla... ma forsci mi a sun troppu servàigu* - [9] e una lacrima solcò la sua guancia e si perse tra la folta barba.

* * * * * * * *

Quando Guerino e Bedè alle sei e mezza del mattino successivo scesero in cucina, fuori era ancora buio ma Tonò aveva già acceso la stufa e messo sulla piastra una moka da dodici tazzine: dal suo beccuccio usciva già un po' di vapore e la fragranza del caffè dava all'ambiente, profumandolo, un'intimità familiare.

Qualcuno accese la radio e la voce di Modugno che cantava *Nel blu dipinto di blu* fu la loro colonna sonora per la giornata che andava a cominciare. Presto tutti gli altri li raggiunsero e dopo aver sorseggiato con gusto la bevanda calda, uscirono nella fredda mattina - chi stringendosi nel pastrano, chi accendendo la prima sigaretta - per raggiungere il lavoro che li attendeva.

I tronchi erano accatastati nella radura a poca distanza dalla cascina, sul lato a monte della mulattiera che da Garessio sale a Battifollo. Si trattava di pini e abeti che erano stati abbattuti dagli amici di Garessio per conto della Forestale perché colpiti da un fungo parassita delle conifere.

Sotto la direzione di Guerino, che sapeva il suo mestiere, in un'ora e mezza furono caricati e assicurati all'automezzo con robuste funi e alle nove erano tutti nuovamente a casa. Entrando l'odore della pancetta che stava friggendo solleticò le loro narici. Pierin e Bertumè si davano da fare intorno ai fornelli e la colazione che cucinarono, per quanto abbondante, fu voracemente consumata tra risa, ammiccamenti e prese in giro.

Dopo un ultimo caffè, però, avendo dato uno sguardo al suo orologio da tasca, Bedè si schiarì la voce e disse:

- Beli zùeni, grazie d'a vustra uspitalità, ma aù u l'è meju andà perchè a duvèmu fà stù faö. A me raccumàndu de caà staseja: nun staive a preoccupà che a-a Zotta postu pè durmì ghé n'è tantu. A se viemu dopu! Bona nèh! [10]

4

La Valle Impero era illuminata da un fulgido mattino di sole che faceva presagire una primavera precoce e bel tempo per quella sera. Trattandosi di fuochi era importante che non piovesse, naturalmente, ma il cielo terso sembrava rassicurare i nostri che stavano già argomentando sul come costruire il falò. Presi dalla discussione, ridiscesero a valle e dopo il tratto di Aurelia si ritrovarono in un tempo che sembrò loro brevissimo, nuovamente a Taggia davanti al bar di Tunin.

Fu necessario bloccare per qualche minuto la strada per consentire a Guerino di scaricare i tronchi e agli altri di sgombrare la carreggiata, ma fu un tempo sufficiente a far sì che parecchia gente del rione si radunasse intorno a quella scena.

Chi motteggiava, chi dava consigli, chi offriva un bicchiere: tutti comunque erano direttamente coinvolti e partecipi di quello che stava succedendo.

Guerino risalì al posto di guida e si avviò verso l'argine dell'Argentina dove avrebbe posteggiato. I cinque amici, aiutati da qualcuno dei curiosi lì attorno, accatastarono la legna sul lato della via e proprio mentre Pasquale e Alessio finivano di spazzar via qualche detrito dall'asfalto, la Rina, affacciatasi alla soglia della cucina chiamò per il pranzo.

Stettero a tavola per breve tempo e dopo il rituale caffè si alzarono e uscirono in strada per la proverbiale sigaretta.

Mentre preparavano gli attrezzi decisero che avrebbero accatastato i ceppi per il falò alla *carbunéia*, l'antico sistema adottato dai carbonai dell'entroterra ligure.

Questo per evitare un eventuale precoce crollo della pira che avrebbe significato il fallimento del loro lavoro e come conseguenza l'ilarità e le burla della gente degli altri rioni. Chiamarono a consigliarli il vecchio *Murin* che con il carbone ci aveva campato per una vita e sotto la sua direzione, dopo aver segato tutti i fusti ad una lunghezza di circa due metri, iniziarono a disporli nella caratteristica forma a cono, tipica di quel tipo di costruzione, che assicurava una buona ossigenazione alla fiamma che così si sarebbe mantenuta viva e costante al centro del falò. Tunin intanto, con l'aiuto di Diego, suo figlio, aveva installato proprio sopra l'entrata del bar una coppia di altoparlanti che diffondevano musica: l'eccitazione saliva intorno al falò che prendeva forma. I ragazzi lavoravano alacremente non risparmiandosi la fatica: il loro falò doveva essere il più bello del paese.

Gli abitanti dei dintorni che erano coinvolti nell'impresa

per lo stesso motivo, oltre a creare intorno al gruppo di lavoro una festosa cornice, davano una mano come potevano.

Gli uomini aiutavano ad accatastare i ceppi. Le donne scendevano da casa portando vassoi colmi di *sardènàia* e di *friscïöi* [11]. Tunin si premurava di tener sempre piena la caraffa del vino e tutto attorno i bambini correvano schiamazzando e facendo esplodere mortaretti.

Una coppia di occasionali turisti tedeschi si avvicinò a quell'allegro trambusto con l'espressione curiosa di chi si chiede cosa stia succedendo.

Il professor De Pergolis, un insegnante di letteratura italiana in pensione li osservava divertito. I due gli rivolsero la parola e in uno stentato italiano chiesero spiegazioni.

- Stanno costruendo il falò - spiegò il vecchio docente con quel filo di sufficienza che abitualmente lo contraddistingueva.

- *Feuer* - replicò dubitante il tedesco.

- Si...*ya*, fuoco - aggiuse De Pergolis in tono quasi didattico, che non prevedeva repliche.

Ma il turista non si perse d'animo:

- *Warum*...perché?

Il vecchio professore, che non disdegnava occasionalmente di fare un po' sfoggio della sua profonda conoscenza della storia locale, con le punte dell'indice e del pollice arrotolò il baffo sporgente e arrotando la erre più di quanto non facesse abitualmente si lanciò in un breve resoconto storico:

- Dunque, veda, nel febbraio del 1626, durante quella che viene ricordata come la Guerra dei Trent'anni, le truppe franco-savoiarde d'invasione, dislocate momentaneamente in questa zona, lasciarono Taggia senza arrecare alcun danno alle persone e alle cose dopo soli tre mesi di invasione.

Il Podestà, le autorità ecclesiastiche, gli anziani e il popolo taggiasco onorarono il voto fatto qualche mese prima a San Benedetto Revelli, il patrono del borgo, perché questi intercedesse presso l'Altissimo affinché loro e le loro cose fossero salve. Così, oltre alla solenne processione votiva, nelle ore notturne vennero accesi grandi falò in ogni rione del borgo medievale. E da allora la tradizione non si è più interrotta. Se vi interessa, c'è un bel tomo dove potete trovare tutte queste notizie. È di uno storico locale, certo Biagio Boeri e si intitola *Taggia e la sua podesteria*.

Mentre il De Pergolis discettava col suo Italiano accademico di storia locale con i due tedeschi, che naturalmente lo osservavano sempre più sbalorditi, un generale clima di allegria si era diffuso ma non sembrava coinvolgere Bedè che anzi con l'avvicinarsi del completamento del lavoro, si incupiva sempre di più.

Che triste sarà - pensava - *ritornare alla Zotta da solo, dopo la festa.*

Certo qualcuno sarebbe salito a bere un bicchiere e a strimpellare per un po' una chitarra. Ma la persona che lui avrebbe più volentieri ospitato non si sarebbe vista.

Fu un attimo: l'idea di tornarsene a casa senza partecipare all'accensione del falò e alla festa vera e propria lo colse impreparato, forse indebolito: senza riflettere, quasi di getto, lo disse agli altri.

Un coro di proteste si levò e tutti, a modo loro, cercarono di fargli cambiare idea ma lui, testardo e perso nella sua malinconia, non volle sentir ragioni.

Intanto la disposizione dei tronchi volgeva al termine ed essendo ormai quasi ora di cena, parecchie persone si ritirarono per il frugale pasto dopo il quale sarebbero tutti ridiscesi in strada.

Anche i cinque compagnoni, dopo aver cercato un'ultima volta di convincere Bedè a rimanere, raccolsero i loro attrezzi e si avviarono a casa per rinfrescarsi.

Bedè, rimasto solo, rimise nella sacca l'ascia e il saracco e si avviò, le spalle curve e gli occhi bassi a terra, verso la mulattiera che lo avrebbe riportato a casa, quando improvvisamente, dietro di lui, una voce femminile che lo chiamava, quella voce, lo fece sobbalzare dalla sorpresa.

Sentì il cuore scoppiargli in petto: si voltò e lì a due passi c'era Giovanna.

Gli si avvicinò e con quel tono particolare a causa del quale lui, ne era sicuro, aveva perso la testa, gli disse quasi sussurrando:

- Sai Bedè, stasera dopo la festa mi piacerebbe salire alla Zotta per constatare personalmente se è un bel posto come dicono.

- Ma col buio non vedresti niente - esclamò lui che per l'emozione aveva scordato per un attimo il dialetto, riacquistando miracolosamente l'uso dell'Italiano.

- Potrei forse fermarmi per qualche giorno - ribattè lei sorridendo con un'espressione tenera, sì, ma composta e risoluta.

Bedè, travolto dalla commozione e dall'aspettativa le strinse teneramente le mani e visibilmente raggiante sbottò affermando a viva voce:

- *Stu chi, u seà in San Benedetu magnificu!* [12]

---

1 Sporco

2 Terrazzamento

3 Da magaglio, sorta di zappone in acciaio a tre becchi

4 Sei salito ad aiutarmi, sfaticato?

5 Abbiamo trovato il camion, noi siamo pronti a partire per andare in Piemonte a caricare la legna per il falò: tu cosa fai, vieni?

6 Baucögni: gli abitanti di Badalucco (IM)

7 Su a Garessio ci aspettano, è meglio che ci muoviamo

8 Possibile che Giovanna l'abbia presa tanto male, l'ultima volta che ci siamo visti, da non farsi viva per tutta la sera?

9 Poteva essere una bella storia tra me e lei... ma forse io sono troppo "grossolano"

10 Bei giovani, grazie della vostra ospitalità ma adesso è meglio andare perché dobbiamo fare il falò. Mi raccomando di scendere stasera: non preoccupatevi che alla Zotta posto per dormire ce n'è tanto. Ci vediamo dopo! Buona giornata!

11 Pizza guarnita con sugo di pomodoro, acciughe, aglio e capperi; frittelle di bietole e/o baccalà

12 Questo sarà un San Benedetto magnifico!

* Consulenza dialettale (Taggiasco) di Giuseppina Panizzi

LIVIO

O DELLE NEFASTE DECISIONI CHE LO IODIO,
RESPIRATO IN NOTEVOLI QUANTITATIVI, INDUCE NELLA
MENTE DI CERTI PESCATORI.

1

- Cosa fai stasera?

La domanda di Livio, quasi fosse telepatica, mi coglie proprio mentre sto cullando la mia mente con l'idea di un ipotetico appuntamento con quella ragazza svedese che ho conosciuto ieri sera: una cascata di capelli castano scuro su due occhi verdi come smeraldi e un sorriso tanto ingenuo quanto invitante.

Siamo seduti a un tavolo sulla terrazza del *Manola* e sorseggiamo un pastis sgranocchiando arachidi salate.

Il sole è ancora alto in cielo e il suo riverbero ferisce l'occhio nudo, ma l'afa del primo pomeriggio è ormai mitigata dalle prime leggere avvisaglie di brezza serale ponentina.

Ai tavoli vicini, protetti da ombrelloni multicolore che publicizzano una marca di gelati, le compagnie dei bagnanti in abiti più o meno succinti ci offrono, inconsapevoli, estemporanee scenette teatrali di rara intensità emotiva.

Tra granite al limone e birre alla spina, flirt adolescenziali e storie di corna, le ricette di cucina e la Fiat 127 appena uscita, la formazione del Milan e quella della Juve, i vacanzieri di massa consumano alla luce calda del sole d'agosto, a volte reiterandoli, gli stress accumulati in un inverno di nebbia padana.

Ripenso alla festa in pizzeria di ieri sera: una grande tavolata alla quale erano seduti, in rigoroso ordine di gradimento reciproco e di approfondimento della conoscenza, i più autorevoli componenti della legione dei *cucadores* della costa e le partecipanti scandinave a una delle tante vacanze in Riviera offerte da un'agenzia turistica svedese.

Non mi capacitavo di come io, che *cucador* non sono mai stato, fossi stato invitato ma appena arrivato, l'esuberante numero di presenze femminili ha subito chiarito i perché dell'ospitalità dimostratami.

Gli spaghetti allo scoglio e il Gavi ben freddo hanno il potere di creare atmosfere intriganti in un tempo relativamente breve ed è così che prima ancora che la mezzanotte fosse suonata, Ingrid, la mora con gli occhi verdi, e io ci siamo ritrovati soli, seduti alla tavolata ormai deserta a parlare di noi.

C'è stato anche un attimo in cui la conversazione ha assunto sfumature più pruriginose: è stato quando si è accennato al fuggi fuggi del dopocena degli altri invitati e a come presumibilmente si stessero intrattenendo in quel momento.

Non è successo niente tra noi, nessuno dei due ha forzato la situazione, ma lì, a giudicare dallo sguardo che ci siamo dati, secondo me ci siamo concupiti un tantino.

Più tardi lei mi ha augurato sorridendo la buonanotte in italiano con la voce resa calda dal vino: mi sembrava uno swing di Nat King Cole, tanto mi è parsa dolce. Poi mi ha sfiorato le labbra con un bacio ed è salita nella sua camera, senza accennare a invitarmi. Sono uscito dal locale e mi sono fatto risucchiare dal flusso ormai rado dei passanti che dalla darsena alla Fortezza, in un instancabile andirivieni, ogni sera scrutano i volti della notte rivierasca. Vanno alla ricerca di un'emozione da raccontare nelle future serate invernali fatte o di nebbia uniforme oppure di quella gelida tramontana che spazzola le spiagge e fa ghiacciare i ranuncoli e gli anemoni coltivati in pien'aria.

Ripensando alla serata, lentamente sul mio viso si è disteso un sorriso: c'era aria di promessa, frizzare di sentimenti, adrenalina, vita: mi sentivo bene.

E mi sento bene: la sensazione di benessere si protrae anche oggi e non faccio fatica ad ammettere che mi sento in pace col mondo.

- Stasera spero di vedere una persona - finalmente rispondo.

- Una donna - si informa Livio con tono ammiccante.

- È svedese, si chiama Ingrid...ma è diversa dalle altre...- e gli lascio interpretare il mio silenzio.

Lui non interpreta, ha ben altro per la testa:

- Te l'ho chiesto perché volevo mettere a bagno la barca. Ieri ritornando dal mercato dei fiori mi hanno chiesto un po' di pesce da porzione, sai i soliti due ristoranti. Ma mi servirebbe una mano.

- Vuoi uscire stasera e salpare i palamiti? Se il mistrale non scende al tramonto lo sai cosa fai, no?...Balli la rumba tutta la notte.

- Scende, vedrai che scende. Poi domattina prendiamo il caffè, ci mettiamo in berta un centone a testa e andiamo a casa a stirare la schiena e a prepararci per una nottata di vita sulla costa.

- Un centone a testa? E a che santo ti sei raccomandato per sperare di tirar su in una notte, con i palamiti, tutto 'sto pesce? -

- A sant'Evinrude settanta cavalli - sorride vago e tira giù un lungo sorso di anisetta ghiacciata.

L'offerta è allettante: lavoro solo d'inverno imballando fiori che finiscono sulla tavola delle famiglie di Francoforte, di Colonia, di Monaco di Baviera e centomila lire sull'unghia, in estate avanzata, dopo due mesi di disoccupazione e con altri due mesi di riposo forzato come prospettiva, sono buone come il pane.

Però nel frattempo è comparsa Ingrid e a me che con le donne faccio fatica a ingranare e che perciò tengo ancora da conto l'emozione che si prova nel ricevere un sorriso che sa di promesse, la cosa non mi lascia certo indifferente.

Livio sembra leggere la mia indecisione:

- Dai vieni...poi domani la inviti sulla spiaggetta al *Giro del*

Dun: pesce fresco sulla griglia, una bottiglia di Vermentino te la do io e belin, migliore dichiarazione di così.

Da buon vecchio battitore della costa, non ha trascurato niente: intanto i soldi e poi la spiaggetta poco frequentata, il cibo, il vino, la complicità, l'intimità. Ha giocato le sue carte e sono tutte come *a-tout* di una *belotte* marsigliese giocata mentalmente.

E ha vinto!

- Va bene vengo. Però voglio le due orate più belle del mazzo.

- Se va come dico io, ti ci copro di orate - ridacchia soddisfatto. Beve in un sorso il resto del suo pastis e alzandosi si accomiata:

- Vado a preparare il brumezzo. Devo prendere anche della nafta: ci vediamo alle undici alla darsena. Portati un'incerata.

Risale sulla millecento familiare sul cui portapacchi è assicurata una cesta da garofani sul cui fianco, con vernice rossa, ha scritto semplicemente "Livio" e riparte mollemente, come l'atmosfera di questo tardo pomeriggio d'agosto suggerisce.

2

Davanti ai miei occhi, sul bagnasciuga, a non più di cinquanta metri, la venere scandinava gocciolante dopo il bagno rinfrescante pomeridiano, chiacchiera allegramente con la sua amica e in un paio di occasioni fa cenno nella mia direzione.

Il vento intanto, va via via rinforzandosi.

Alzo il bicchiere in segno di invito: dopo un breve conciliabolo, le due si salutano e Ingrid viene a sedersi al mio fianco.

Mi coglie imbarazzato a osservare la sua fresca e dirompente sensualità, celata a stento dal bikini. Distolgo lo sguardo e con tutte le doti di *nonchalance* di cui sono in possesso cerco di svicolare da una situazione difficile da gestire.

- Che fai, mi guardi? - mi chiede tra il divertito e il lusingato.

- Scusami, Ingrid, ma, insomma, sei così bella! È difficile resistere. Del resto non sono l'unico ad ammirarti.

In effetti Mario, il veterano dei playboys della zona, dopo aver messo sul cavalletto il suo Vespino 50, è venuto a sedersi a un tavolo poco lontano, si è tolto il cappellino da nostromo e passandosi ripetutamente le dita a rastrello tra i capelli lunghi e lisci, ha preso a osservarci fissamente senza ombra di imbarazzo. O per meglio dire, a osservarla fissamente, come a voler a ogni costo catturare il suo sguardo.

- Cosa pensavi di fare dopo cena? - le chiedo introducendo così il discorso che mi sta a cuore di fare.

- Le ragazze vanno in compagnia per una passeggiata e un gelato e poi qualcuno dei ragazzi ha proposto di continuare la serata al *Menestrello* e di concluderla con un bagno a mezzanotte, sotto la luna: *very romantic*, vieni anche tu?

- Proprio di questo volevo parlarti. Mi hanno proposto una notte di pesca in barca. Vorrei andarci: mi piace e c'è qualche soldino da guadagnare.

- A pescare di notte? Su una barca? Che bello, portami con te.

La richiesta mi trova impreparato e lei ora mi incalza:

- Che vuoi che mi importi del gelato e della musica del *Menestrello*? Posso fare un'esperienza nuova, bellissima, veramente da raccontare: andare a pescare, di notte, sul Mediterraneo. E poi - conclude - possiamo stare insieme, no?

Ora sì che sono in difficoltà. Perché dovrei spiegarti che in barca, quando si pesca, bisogna sapersi muovere e fare la propria parte e tu sei inesperta. Ma soprattutto che Livio, quando pesca, diventa un uomo intrattabile e che anche il minimo errore lo fa andare su tutte le furie; che neanche lontanamente si riesce a fargli accettare il pur minimo cambiamento di programma. Figuriamoci poi, con la testa che ha, una donna in barca: sacrilegio.

Sarebbe onesto, da parte mia, raccontarti di come sono combattuto nel decidere se in questo momento ho più bisogno dei soldi di Livio o delle tue tenerezze.

Ma taccio, almeno per un po', e sorseggio il mio aperitivo.

Mario invece sorseggia una birra e continua a guardare. Io chino gli occhi ché giocoforza la mia decisione l'ho presa. Spero che essa non la faccia contrariare troppo.

- Ascolta, Ingrid, è lavoro, ne ho bisogno. È solo per questa notte. Stasera puoi divertirti con la compagnia e ballare e fare il bagno notturno…

- Però tu non ci sarai - insiste lei.

- Lo so, scusami, mi spiace di darti subito una delusione.

Taccio un attimo e riprendo la mia arringa, stramba ma necessaria.

- Domani noi rientriamo all'alba, prima che tu ti sia svegliata. Mi faccio prestare la Vespa da qualcuno e ti porto in una spiaggetta da favola, cuciniamo il pesce appena pescato, beviamo il vino bianco fresco, facciamo il bagno e stiamo tutto il giorno insieme, d'accordo?

Il suo abbraccio stempera l'impalpabile tensione che si stava creando.

Il suo seno turgido preme contro il mio torace e io penso a domani, alla spiaggetta, il sangue che mi va alla testa e mi ritrovo a baciarla con un certo trasporto. Lei ricambia.

Ci sciogliamo dall'abbraccio coinvolgente e mi sorride.
Mario a questo punto sorride nella nostra direzione, si rimette il cappellino in testa, mette in moto il Vespino e se ne va.

- Vengo a prenderti alle dieci e… Ingrid, volevo dirti…grazie di quello che mi fai provare: ne ho bisogno, mi fa proprio bene.

- Sei un tesoro - mi lusinga e sinuosamente torna in spiaggia dalla sua amica.

3

Livio aveva ragione: il mistrale, che al tramonto porta fragranze di oleandro misto all'odore del fritto di pesce dei ristoranti sul lungomare, è calato del tutto lasciando il posto a una brezzolina che spira da sud.

In darsena le facce sono quelle di sempre e i discorsi sono

sempre gli stessi: il prezzo delle strelitzie e delle calle sul mercato, la barca da calafatare, la vendita delle acciughe sotto sale, la vigna del Vermentino, intercalati dalle solite amenità riguardanti l'emisfero femminile o da qualche battuta sulla diccí e sul piccí oppure su Gimondi che quest'anno ha vinto il Tour de France.

Le barche più grosse sono già uscite e sul pontile fervono gli ultimi preparativi di chi come noi, con barche più piccole, salperà i palamiti o i cento metri di tremaglio e magari due o tre nasse per le aragoste.

Le coppie dei pescatori, perlopiù indissolubili, formate dal capobarca e dall'aiutante, si affrettano a caricare gli strumenti del mestiere e i contenitori di plastica con il pastone per i pesci.

Visi segnati dalle rughe del tempo, inscuriti dal sole dell'estate passata all'aperto e da antichi retaggi saraceni. Mani callose che si muovono brusche ma con precisione millimetrica per compiere gesti mai inutili e brevi frasi puntualizzate quando da scoppi di risa, quando da blasfeme invocazioni.

Minetto esce con lo *Squalo*, Turi con Silvio *Il Postino*, Fabio con il *Patreternu* e Livio con me. Ci sono anche, sul pontile dei ricchi, Andrea *U Capu* con Sabrina e Ciccin *U Funtané* che portano a Bastia, a pagamento, il sedici metri di un qualche industrialotto brianzolo. Più isolato, si nota un fustaccio dalla parlata nordica che sta in compagnia di Armandino: vanno per una romantica escursione notturna a bordo della pilotina di quest'ultimo.

Livio accende il quadro, la rice-trasmittente e fa scaldare le candelette del diesel: trenta secondi e il suono sordo del motore attutito dall'acqua gorgogliante dello scarico, riempie le nostre orecchie. Stacco la gomena dall'ormeggio, la arrotolo e l'appendo a un gancio a prua. Il mio capobarca accende una sigaretta, manovra per liberarsi dell'abbraccio laterale di altre due imbarcazioni ed esce molto lentamente dall'intrico di natanti cullati dalle piccole onde che provochiamo al nostro passaggio.

Quando è al largo del pontile, volta la prua a sud e mette la leva del cambio in folle:

- Sono le undici e un quarto: io mi butto giù un'oretta ché sono in piedi da stamattina alle quattro. Tieni il timone così fino al molo grande e lì girati venti gradi a levante. Il posto è tra campanile e campanile, due miglia e mezzo al largo. Lì c'è una "secca", non più di venti metri d'acqua. Non puoi sbagliarti: quando cominci a vedere il faro di Antibes, ci vogliono ancora una ventina di minuti per arrivarci. Poi chiamami. Occhi aperti, mi raccomando.

Si sdraia su di un materassino di gommapiuma, si copre con una coperta sdrucita che odora forte di salsedine e nel giro di cinque minuti russa rumorosamente.

Intanto sono giunto al molo: i due campanili svettano sulle luci dei bar del lungomare. Sulla spiaggia, la baracca del *Porcaro*, rostelle e anguria a buon mercato, è come sempre affollata e la mia vista, partendo da quel punto luminoso, si allarga fino ad abbracciare l'oscurità delle colline sovrastanti. Poi sale e dalle prime pendici del monte Faudo, si spinge oltre a rincorrere i primi crinali dell'anti-Appennino e infine, grazie ad una serata miracolosamente limpida, si posa sulla cima antracite del Saccarello che buca il cielo nero punteggiato di stelle.

Ormai le luci dei locali si sono fuse tra di loro creando una lunga striscia luminosa che a intervalli regolari sembra venir inghiottita dall'accavallarsi ritmico e dolce dell'onda lunga. Poco più a monte, i fari delle auto sull'Aurelia sciabolano nella notte frugando nell'oscurità.

Malgrado sia rimasto per qualche tempo distratto dai particolari che andavano aggiungendosi al dipinto che ho davanti ai miei occhi, uno spicchio di Liguria, ho più o meno mantenuto la rotta giusta: correggo appena e poi blocco con una cimetta la ruota del timone e accendo una sigaretta. L'aria comincia a rinfrescarsi: meglio indossare l'incerata.

Lontano, le luci delle lampare danno il senso dell'attività febbrile che su di esse si sta svolgendo ma io ho ancora tempo prima che venga il mio turno di faticare: mi rilasso e mi guardo attorno.

A poppa noto con un certo stupore un motore fuoribordo di grosse dimensioni: è un Evinrude da settanta cavalli. Ripenso a oggi pomeriggio, alla battuta scherzosa del mio capo, quella del santo protettore.

Strano: il *gozzo* è un nove metri con un motore entrobordo diesel più che sufficiente per il tipo di pesca che facciamo noi, con l'optional di un verricello per salpare le reti e abbastanza spazio per sistemarci due vasche contenenti centro metri di palamite ognuna e quattro grandi nasse per aragoste. Cosa se ne farà di un settanta cavalli fuoribordo?

Un fischio forte e prolungato, mi obbliga ad aguzzare la vista davanti a me. Sento delle voci e intravedo alla luce della luna la sagoma della barca e una torcia elettrica che ondeggia e indica a levante. Rallento al minimo e correggo di qualche grado a est: hanno già steso il tremaglio e mi stanno avvertendo. Poco dopo, infatti, scorgo il galleggiante, un pallone ovale arancione fosforescente, che evito accuratamente costeggiando largo.

Che strano: mentre manovravo ho avuto la netta sensazione che Livio mi stesse osservando. Mi volto ma lui, pur essendosi girato sull'altro fianco, continua a ronfare.

Il mare è appena increspato e la brezza aiuta a stare svegli e impedisce alla mente di perdersi in quell'oscurità rotta solo dalle luci di posizione del natante e dalla luna che ha disegnato sull'acqua un sentiero luminoso punteggiato da miliardi di lucciole riflesse sul mare.

Sulla terraferma, gli abitati più grandi, Sanremo, Ventimiglia e poi, più ad ovest, Montecarlo e Nizza, sono ormai solo degli agglomerati luminosi che si staccano dall'oscurità.

Lontano a ponente, finalmente scorgo il fascio di luce del faro di Antibes: ci siamo quasi. Accendo un'altra sigaretta e con l'aiuto della torcia a pile controllo l'ora: mezzanotte e venti.

L'aspettativa per la prossima attività e il briciolo di eccitazione che ne deriva mi fanno compagnia per l'ultimo tratto. Alle dodici e quaranta in punto, metto il motore al minimo e quando sono ormai quasi fermo, tiro la leva del cambio in folle, prendo il binocolo e controllo la posizione scrutando la riva: attraverso le lenti mi appaiono le cime dei campanili e ad occhio e croce sono proprio a metà tra di esse.

- Livio, ci siamo! Liviooo...
- Oh, cosa c'è, dove siamo?
- Dai alzati, ho visto le luci del faro venti minuti fa e sono tra campanile e campanile: siamo arrivati.

- Ah bene - grugnisce e buttata la coperta incrostata di sale da una parte si alza sulle ginocchia, apre lo sportello del pozzetto di prua e inizia ad armeggiare con un fornello da campeggio e una moka da sei tazzine.

Ben presto l'aroma del caffè riempie le mie narici e accetto con intima soddisfazione la tazza colma della bevanda calda e ben zuccherata che lui mi porge.

Poi c'è il rito della sigaretta che fumiamo rigorosamente in silenzio usi come siamo a quell'abitudine tipicamente marinara, ma non solo, per cui risulta inutile far delle parole quando esse non sono necessarie.

Adesso bisogna brumezzare per attrarre i pesci dei dintorni: indossiamo spessi guanti di gomma e pescando a piene mani dai grossi contenitori di plastica, iniziamo a lanciare grosse manate di pastone appositamente preparato con gli avanzi del pranzo di un qualche ristorante della zona.

In venti minuti, mentre la barca si muove lentamente, abbiamo svuotato i due grossi secchi: adesso bisogna dare ai pesci il tempo di "annusare" il lauto pasto e di radunarsi nei pressi dello scafo.

C'è tempo per rilassarci altri dieci minuti e fumarne un'altra prima di iniziare il lavoro vero e proprio: mettere a bagno il palamite.

Ora Livio inizierà a svolgere il cavetto da cui pendono decine e decine di lenze alla cui estremità sono fissati i grossi ami, ognuno innescato con un'acciuga, e lo immergerà in acqua. Io, per evitare che i palamiti si imbroglino, manovrerò il timone per far muovere la barca a zig-zag, col motore al minimo e la leva del cambio sulla tacca "Indietro".

Noto però con un certo stupore che dopo aver anche lui indossato l'incerata, invece di approssimarsi al contenitore del palamite, con il binocolo scruta l'orizzonte a 360 gradi e infine si dirige verso il fondo della barca, apre lo sportello che chiude il pozzetto di poppa e ne estrae una scatola metallica di forma rettangolare.

La apre e tira fuori un involucro di carta stagnola e cellophane delle dimensioni di un pacchetto di sigarette, che inizia ad avvolgere con nastro isolante da elettricista. Dall'involucro escono due cavetti elettrici arrotolati.

- Cos'è?

- Niente domande: fammi lavorare. Adesso butto la "saponetta" e mentre svolgo i fili tu metti giù subito la boa bianca e poi manovra piano per allontanarti. Non più di una cinquantina di metri, poi fermati e spegni anche il motore: hai capito bene?

- Si ho capito ma…cos'è la saponetta?

Mi guarda, sorride sardonico e naturalmente non mi risponde. Sento il mio cuore che comincia ad accelerare il suo battito mentre riaffiorano alla mia mente certi racconti di pesche miracolose dove però l'unico miracolo era tutt'altro che un fenomeno metafisico: piccoli quantitativi di gelatina provenienti dal deposito degli esplosivi utilizzati per spianare il tracciato dell'autostrada in costruzione, in cambio di qualche chilo di pescato molto gradito dagli artificieri.

Ho sempre dato a certe affermazioni la valenza di spacconate buttate lì tanto per attirare l'attenzione, magari ispirate da qualche *gotto* di nostralino di troppo e da un'abbondante porzione di cinghiale in salmì. Ma qui lui fa sul serio e siamo sul suo *gozzo*, a due miglia e mezzo dalla riva: cosa faccio, mi butto e torno a nuoto?

- Livio non fare belinate! Perché mi hai portato fuori? Perché non me l'hai detto subito?

- Se volevi, lo capivi da solo - ribatte - e io pensavo che avessi capito, quando ho detto sant'Evinrude settanta cavalli. Ma tu pensavi alla svedese. Ora fai il moralista. Dai non rompere le balle: mezz'ora ed è tutto finito. Tiriamo sù 'sta quintalata di pesce e ce ne andiamo a dormire. Alle tre siamo a letto.

- Ma che moralista e moralista, Livio: qui se passa una vedetta della Finanza ci fanno un culo così, ci sbattono dentro.
Cattura con il suo il mio sguardo e lo accompagna, sorridendo con aria di sfida, a poppa, in direzione del potente motore fuoribordo e sibila:

- Non ti preoccupare.

Questione di secondi; poi, senza darmi neanche il tempo di replicare appoggia delicatamente in acqua l'involucro impermeabilizzato e facendo ben attenzione a non perdere la presa sui cavetti elettrici, lo lascia scivolare verso il fondo.

Non so cosa fare e allora non faccio niente. Resto lì immobile, esterrefatto, con la bocca e la gola secche: ho paura.

Livio mi aggredisce, rude:

- Muovi 'sta barca. A ballare ci vado domani sera e la doccia me la voglio fare a casa, non qui.

Le mani mi tremano leggermente mentre prendo la cima alle cui estremità sono fissate un'ancoretta da dieci chili e il pallone ovale bianco.

Posiziono la boa e rimetto in moto il diesel: sposto la leva del cambio sulla prima tacca della posizione "Avanti" e manovro il timone come mi è stato detto.

La barca si allontana lentamente dalla boa mentre Livio srotola con estrema precisione ma sveltamente i due fili elettrici.

- Basta così, fermati! Spegni il motore, fumatene una e stai zitto.

Le estremità dei fili sono ora visibili: il capobarca li fissa allo scalmo assicurandole con un gassa d'amante. Poi si muove velocemente verso il pozzetto di poppa, apre lo sportello e ne estrae una batteria di automobile.

Fissa alle estremità ramate dei fili, due anelli metallici che si indovinano della stessa circonferenza dei due poli metallici della batteria. Slega i due cavetti dallo scalmo e li tira con forza verso di sé recuperandone cosí un paio di metri: il tempo che la corrente impiegherà a risucchiarli verso il fondo è quello che Livio ha a disposizione per infilare i due anelli sui poli negativo e positivo della fonte di energia.

È veloce e preciso: qualche secondo per avvicinare i cavetti alla Magneti Marelli, un paio di scintille, ed è cosa fatta.

Non succede nulla. Livio non si scompone, mentre io, pur prevedendo la valanga di bestemmie che sarei costretto a sorbirmi se l'aggeggio non funzionasse, comincio intimamente a sperare in un fiasco.

Ma è un'illusione breve. Tempo tre o quattro secondi e l'acqua intorno alla boa comincia a ribollire e poi vedo esplodere in aria, proprio dove la saponetta di esplosivo è stata calata, una colonna di schiuma alta almeno cinque metri: ha funzionato.

- Dai riporta la barca là - mi urla Livio mentre sposta freneticamente e con forza le vasche dei palamiti e le nasse, tira su dal fondo della barca due "cucchiai" di rete a maglia media e me ne passa uno.

Rimetto in moto: in un attimo sono di nuovo nei pressi della boa e spengo il motore. I pesci intanto cominciano a venire a galla e in me la paura fa salire la frenesia di finire di corsa il lavoro e andare via al più presto. Comincio a manovrare con il retino tirando a bordo tutto quello che galleggia: naselli e orate soprattutto, ma anche aguglie, sogliole, qualche branzino e due bei verdoni da un chilo ciascuno. Sull'altro lato anche Livio lavora con foga e continua a salpare pesci di ogni foggia e dimensione facendoli volare direttamente nella vasca posta al centro dell'imbarcazione. Ogni tanto si interrompe per dare un colpo di remi così da far muovere la barca.

La vasca è ormai stracolma e il pesce comincia a scivolare sul fondo della barca ma continuiamo a "pescare" fino a che vediamo sagome argentate galleggiare. Il silenzio è rotto solo dal nostro affannoso respirare e dal lieve sciabordare dell'acqua sulle fiancate. Rallentiamo via via il nostro ritmo e la preoccupazione, che era stata attenuata dalla frenetica attività, riprende a stringere in un morso le mie membra, ora che anche la fatica comincia a farsi sentire.

Il fondo della barca è tutto un guizzare e bisogna stare attenti a non mettere i piedi nel punto sbagliato se non si vuole rischiare di finire a bagno.

- Basta così, è andata bene. Dai andiamo a salpare la boa e filiamo.

Metto ancora una volta in moto, faccio girare la prua verso l'indicatore galleggiante e do un po' di gas: l'ansia ora sale e anche in Livio percepisco, dai suoi gesti nervosi, la fretta di cambiare aria. Sono ormai a non più di trenta metri dalla boa quando tutti e due sentiamo distintamente il rombo di un motore avvicinarsi velocemente e subito dopo il fischio breve ma inconfondibile di una sirena e una voce nasale che esce da un megafono:

- Guardia di Finanza, accostiamo.

Livio cambia espressione:

- *Cristu*. Spegni, presto. Buttati giù sul fondo e reggiti forte che ora si balla davvero.

Agguanta la batteria e con un balzo è a poppa, collega i cavi che fuoriescono dall'Evinrude ai due poli metallici e afferrata la maniglia del cavetto di accensione, tira con tutta la sua forza: non succede niente.

- Stiamo accostando, Guardia di Finanza - ripete la voce nasale.

Livio ora è frenetico: strattona con veemenza il cavo accompagnando i suoi sforzi con colorite quanto irripetibili bestemmie.

Quando il natante delle Fiamme Gialle è ormai abbastanza vicino da poter scorgere sul ponte di poppa le sagome dei militari, dopo l'ennesimo strappo finalmente il fuoribordo si mette in moto con un rombo assordante.

- Tieniti forte - ripete ancora con decisione. Poi dà improvvisamente gas e la barca risponde all'accelerata mettendosi in posizione inclinata, con la prua in alto e lo scafo che tocca la superficie del mare con la sola parte posteriore dove, attraverso l'elica, il potente motore scarica in acqua tutti i suoi settanta cavalli.

Sono sdraiato nella sentina, su di un letto di pesci ancora guizzanti, i piedi puntellati a due stecche dell'ossatura della barca e le mani serrate ai ganci d'alloggiamento interno dei remi. La vasca dei palamiti si è rovesciata su un fianco spargendo ovunque il pescato e l'attrezzatura per la pesca. A ogni sobbalzo, le punture degli ami e delle spine dorsali dei pesci che guizzano per sfuggire alla morte, accentuano in me la paura per le conseguenze del gesto da noi appena compiuto, se la nostra folle corsa sul mare non dovesse sottrarci ai nostri inseguitori.

Di fronte ai miei occhi l'immagine luciferina di Livio, gli occhi sbarrati nell'oscurità, l'espressione indecifrabile del viso rischiarato dalla luna e la tensione che si indovina nella rigidità delle braccia che stringono una la barra del timone, l'altra un qualche appiglio che lo aiuti a non essere sbalzato fuori dall'imbarcazione.

Più indietro, quando il gozzo spinto dal pulsante motore salta sulle onde, si intravede la sagoma della motovedetta che ci insegue.

Livio cambia spesso traiettoria e ogni cambio di direzione è accompagnato dai sinistri cigolii del fasciame: lo scafo non gradisce certe sollecitazioni.

Ma la barca, costruita nei cantieri di Sestri Levante, è forte ed è con un certo sollievo che tra un salto e l'altro, constato che stiamo aumentando il vantaggio sui nostri inseguitori.

In quella situazione il tempo sembra non scorrere: dieci minuti, quindici, forse di più prima di provare la sensazione netta e liberatoria della barca che riprende lentamente ma inequivocabilmente la posizione orizzontale.

Il rombo del motore scende d'intensità abbastanza da permettermi di udire la voce rauca del mio compagno di navigazione:

- Ci hanno persi. Per stavolta è andata bene.

- Per stavolta? Non ci saranno altre volte con me a bordo, Livio. Non rischio così per guadagnarmi da vivere.

- Va bene, d'accordo, me l'hai già detto. Ormai è fatta e considerando tutto, ci è andata di lusso: non ci hanno presi e la barca è a posto, non abbiamo perso i pesci e quindi abbiamo guadagnato. L'unico danno subito è la perdita della boa, ma se penso a come poteva finire…e poi dai, domani vai in spiaggia con la moretta - sorride ironico.

Segue un silenzio esasperante che dura qualche minuto, poi lui riprende, nuovamente serio:

- Comunque mi raccomando: acqua in bocca, discrezione - conclude posizionando la prua verso nord-ovest, verso la foce del fiume, verso l'approdo.

Inutile insistere. Livio rallenta del tutto e infine spegne il fuoribordo. Lo stacca dalla prua e lo nasconde sotto un telo al centro della barca. Poi rimette in moto il diesel e ho ancora abbastanza tempo per ricompormi prima che l'imbarcazione, a velocità minima, punti l'ingresso della darsena e il pontile deserto.

Dopo aver ormeggiato e raccolto le mie cose, tiro la cima e avvicino la barca alla struttura di legno e con un balzo sono su di essa.

Salta su anche lui, si strofina le mani sui pantaloni ed estrae dalla tasca posteriore il suo portafogli: mi porge le centomila lire pattuite. Poi si china verso un secchio lì dappresso, tira su un paio di orate belle, sette-otto etti l'una, le pulisce, le squama, le avvolge in un paio di fogli ingialliti di un vecchio numero del *Secolo XIX* e me le porge. Infine va verso la Millecento, apre il portellone posteriore e da una cassetta di legno prende due bottiglie di vino bianco e mi dà anche quelle. La scena avviene in totale silenzio.

Stanotte non troviamo parole per salutarci: Livio si accomiata da me con uno sguardo di traverso e una semplice pacca sulla spalla. Io lo guardo per l'ultima volta e poi, crollando il capo in un cenno di incredulità, mi volto e mi avvio lentamente verso casa.

4

Il sole è già alto e comincia a fare caldo: saranno già le dieci. Passo prima alla posta a versare le centomila lire, poi faccio un salto al bar a cercare qualcuno che mi presti una Vespa.

Gigino è disponibile alla bisogna ma prima, per non lasciarlo appiedato, dobbiamo andare a prendere la sua Cinquecento e poi potrò prendere lo scooter.

Alle dieci e mezza, alzo sul cavalletto il motociclo e mi dirigo verso il portone della palazzina dove so che abitano le svedesi.
Poco lontano, infatti, c'è un gruppo di giovani donne scandinave che conversano affabilmente arricchendo la loro parlata nordica con scoppi di risa e brevi frasi, anche salaci, riportate in uno stentato italiano.

Mi avvicino, mi scuso per l'interruzione e chiedo di Ingrid. Si consultano un attimo poi una di loro chiede maggiori dettagli perché sono cinque le Ingrid che fanno parte della comitiva. Due sono lì presenti e me le indica e delle tre rimanenti, due sono bionde, più alte di me mentre l'altra è castana, ha la mia statura e gli occhi verdi: qual'è quella che cerco io?

Lo capiscono da sole: quando hanno descritto lei, devo aver cambiato espressione.

Ridacchiano ora e fanno cenni verso i piani superiori scandendo a più riprese quello che dev'essere il cognome della donna che cerco. A un tratto una di loro se ne esce in una frase che provoca in tutte le altre una risata: il tono è ammiccante, quasi sferzante, la

65

reazione unanime è ilare. Comunque mi danno l'informazione che cercavo: la camera di Ingrid è la numero 18. Dopo aver ringraziato mi avvio con il passo leggero, il battito cardiaco già leggermente accelerato e la salivazione in netto calo, verso il portone della palazzina "D".

Ho con me i pesci, il vino e un mazzetto *Primavera* che ho preso al magazzino dove lavoro d'inverno.

Sono sei appartamenti per ogni piano, quindi devo salire al terzo, l'ultimo. Dopo l'ultima rampa di scale, mi fermo un attimo a riprendere fiato e a leggere un cartellino in bachelite dorata che indica a sinistra i numeri dispari, a destra quelli pari.

Le voci degli occupanti delle camere giungono chiare alle mie orecchie mentre mi avvio nel corridoio sempre più emozionato ma anche impaziente di bussare a quella porta.

E finalmente eccomici di fronte: dall'interno nessun rumore.

Busso due colpi discreti e attendo col cuore in gola: non ottengo risposta.

Devo bussare nuovamente? E se dorme ancora? Non vorrei disturbarla, contrariarla in qualche modo, privarla di un piacevole risveglio.

Ma sono impaziente e decido che un altro colpetto alla porta, magari leggermente più deciso di quello precedente, non può essere preso alla stregua di una scortesia.

Alzo quindi il mio braccio per ripetere il gesto, quando un lieve lamento soffocato e un esplicito *"piantala, stupida: credevi fossi salito in camera a recitarti i versi di Shakespeare"* mi gela il cuore in una morsa di incredulità e di amarezza che in un attimo si cambiano in rabbia.

Poso a terra la bottiglia del vino, i pesci e i fiori perché ora darò un gran pugno alla porta. Così, dopo essermi sfogato, ritornerò in fretta sui miei passi.

Ma non faccio in tempo: la porta si apre e Mario, proprio lui, il veterano dei *cucadores*, indossando il suo berrettino da nostromo, vorrebbe uscire ma quando vede il mio braccio alzato, solleva le sue braccia come a parare il colpo e fa un passo indietro:

- Calma ohh...calma!

Dietro di lui, in mezzo alla stanza immersa ancora nella penombra, un grande letto disfatto al cui centro, in lacrime, spettinata e con sul viso i segni di una notte movimentata, c'è lei, Ingrid.

Il mio braccio crolla mentre la scruto con sguardo interrogativo, alla ricerca di un perché.

Lei però china gli occhi a terra e a parte l'espressione amara che si legge sul suo viso e un sospiro penoso che le sfugge con un soffio di voce, non dà altri cenni di reazione.

Mario intanto si è creato un varco tra me e lo stipite e si sta allontanando nel corridoio.

Quando è ormai giunto agli scalini della prima rampa, si volta nella mia direzione e dice con tono consolatorio:

- Non te la prendere più di tanto. Anzi, per te che sei uno dalla cotta facile, forse è meglio così. Siamo andati al *Menestrello*, abbiamo ballato due lenti, l'ho fatta bere un po' e poi sono salito ad accompagnarla ché le girava la testa. Prima di lasciare il locale ha chiesto di te un paio di volte, ma tu eri andato fuori in barca - conclude quasi a discolparsi.

La mia totale mancanza di reazione lo agevola e lo rende spavaldo, perché infine, iniziando a scendere le scale, alza di un'ottava il tono della voce e sarcastico mi chiede:

- Fatta buona pesca?

Maccarruni e Frisciöi

1

Il *miroir* dal bordo smerigliato troneggia sul comò di ciliegio in camera da letto. Carmelo Partesano ci si specchia mentre con un pettine da taschino e aiutato da una generosa dose di brillantina, cerca di rimettere in ordine quell'ultimo ciuffo ribelle sulla fronte ampia.

Poi è la volta dei baffetti fini, che seguono il contorno del labbro superiore come quelli di Amedeo Nazzari, l'attore del cinema. Dietro di lui, sul grande letto riflesso allo specchio, suo figlio Bruniceddu, otto mesi di vita, sgambetta satollo e contento dopo la pappina di verdura e il biberon e allena le sue tenere corde vocali eseguendo una vasta gamma di gorgoglii alternati da primi "*mmm... ma..mmmm..*" preludio della futura acquisita capacità di chiamare sua madre.

- Sei pronta, Assuntì - domanda alla giovane moglie che di là, di fronte allo specchio nello stanzino del gabinetto, si passa tra i lunghi capelli corvini, gli ultimi colpi di spazzola.

- Eh si Carmè sono pronta, ma tanto finché non arriva tua madre per guardare il bambino non possiamo muoverci.

Nell'aria aleggia ancora il profumo del sugo di carne di capra usato per condire i *maccarruni* (1): è festa oggi, no? E allora mangiare della festa doveva essere.

Dopo i maccheroni, stirati a mano da Assunta con il ferro da calza, hanno mangiato le polpette di carne e hanno bevuto un paio di bicchieri di rosso di quello buono, fatto in casa dallo *zí 'Ntoni* con l'uva di Dolceacqua. Poi, come dolce, i *pretali* fatti all'uso del paese, con i fichi secchi e le noci del ripieno e le minuscole palline di zucchero colorato sopra. E infine il caffè.

- Che giorno è oggi?

- E che giorno è Carmelì... sabato è!

- E lo so che è sabato, quanti ne abbiamo voglio dire?

- Quattordici ne abbiamo, Carmelo, *u quattordici i fevraru.*[2]

- Allora oggi è il quattordici febbraio millenovecentocinquantatre, è la festa dei fuochi di San Benedetto, la festa dei taggiaschi - biascica sarcastico Carmelo rivolgendosi più a se stesso che alla moglie.

- Ma noi calabresi la facciamo anche noi la festa anche se loro hanno detto che noi terroni è meglio che ce ne stiamo a casa - conclude con tono velatamente minaccioso e alzando leggermente il tono della voce.

All'udire quel tono, lo sguardo di Assunta assume un'espressione lievemente preoccupata ma non fa in tempo a raccomandarsi che sente la voce della suocera, dal fondo della scalinata d'accesso, annunciare il suo arrivo:

- *Carmeleddu, 'dduma a luci ca 'nchianu i scali.*[3]

Intanto il figlioletto è stato messo nella culla, la stufa a legna nuovamente alimentata con un bel ciocco di ulivo e la giovane coppia è pronta per uscire e andare a passare una serata di svago.

Si incamminano giù per il carugio lastricato con pietre rotonde di fiume: Assunta ha dato il braccio al marito e lui compiaciuto, visto che in quel momento non passa nessuno, tenta di baciarla. Lei accenna a un rimprovero ma si capisce che è lusingata. Infatti ride e lo trascina via e lo travolge con la sua allegria e anche lui ride e corrono verso la piazza, verso la gente, verso il fuoco del falò, verso la festa.

Piazza Cavour è affollata: sulla terrazza che guarda la piazza, seduti sul parapetto o intorno alla fontana, stanno gli abitanti delle case soprastanti.

I più temerari, nel piazzale sottostante, stanno in circolo a qualche metro dal falò sfidando il calore, eccessivo anche in una fredda serata di febbraio, e le spesse volute di fumo.

Da un mucchio di frasche di olivo accatastate in un angolo della piazza, un volonteroso, servendosi di una forca, ne prende dei fasci e li getta al centro della pira ravvivando così la fiamma.

Ogni tanto inoltre, una figura di passaggio, intabarrata in un pastrano sdrucito e sporco e con un cappellaccio sulla testa, dà fuoco a un furgaro da cui dopo alcuni secondi erutta una cascata di scintille alta qualche metro che illumina a giorno i visi eccitati della gente e lascia nell'aria altro fumo e l'odore acre della polvere da sparo.

Gli abitanti del vicinato hanno aperto le cantine e offrono canestrelli, sardinara, torta verde, *frisciöi*[4] di baccalà e vino a parenti e amici e a qualche occasionale visitatore, se non molesto.

Ché il vino stasera scorre a damigiane e si sa c'è sempre qualcuno che non lo regge bene, che s'incattivisce.

Giù nella piazza il gruppo dei calabresi si è raggruppato sotto i portici e dirimpetto al portale della chiesa dei Bianchi, un po' in disparte per ripararsi dal calore, ed è lì che si dirigono i due giovani sposi.

C'è Nino *U Trumpiu* che deve il soprannome al fatto che zoppica leggermente, con la moglie Antonietta e Caterina, la loro bambina; ci sono le sorelle Ramarra, controllate a vista dal fratello minore Bastiano che è decisamente contrariato per quell'incarico datogli dal padre; c'è Pascaleddu *Garibardi* poco distante, che guarda ripetutamente di sfuggita e con falsa noncuranza la mezzana delle sorelle, Anna.

Poi c'è Romeo Mantisano con la moglie Orsolina e la sorella Carmela che di nascosto lancia sguardi significativi nella direzione di Ciccio Villevà, il muratore. C'è *cummari* Rosa con le figlie e il marito Rocco, con l'immancabile pipa da cui aspira misurate boccate di un maleodorante toscanello sbriciolato.

71

Altri passano, salutano allegramente e dopo una battuta scherzosa proseguono la loro passeggiata verso altre piazze, altri fuochi, altre situazioni e persone.

Assunta e Carmelo salutano e si fanno volentieri circondare da quell'atmosfera festiva scherzosa ed eccitante.

Gli argomenti di conversazione sono sempre gli stessi: i bambini che ci sono e quelli che verranno, le famiglie, il lavoro faticoso e malpagato, il certificato di residenza che il municipio tarda a rilasciare. Ma anche cose meno importanti, pettegolezzi, qualcuno riferito a piena voce, qualcun altro sussurrato. E poi naturalmente i divi della canzone e del cinema: Silvana Mangano, Luciano Tajoli, De Sica, il festival di Sanremo.

Poi passa qualcuno e dice che la serata proseguirà da Cecio e Antonietta Ferraro per gustare le zeppole con l'acciuga e bere il vino, ballare qualche valzer e qualche tango suonati sul giradischi e concludere la festa con l'immancabile tarantella.

L'organetto lo suona Angeleddu Stilo che normalmente è accompagnato al tamburello da Pascaleddu *Garibardi* che intanto, non visto, ha lanciato un quadratino di carta verso Anna. Lei si china con noncuranza, lo raccoglie e lo fa sparire in una delle capaci tasche della gonna, camuffata dal *plissé*.

Una coppia di uomini anch'essi con cappello e foulard davanti alla bocca per proteggersi dalle esalazioni, si aggira tra la folla accendendo piccoli furgari. Da essi esce solo un piccolo fiotto di scintille che i due dirigono in una sorta di goliardico sottinteso, in direzione delle caviglie delle ragazze.

Molte delle ragazze prese di mira corrono via con strilli acuti con cui sfogano quel misto di naturale paura del fuoco e di lusinga che il fiotto di scintille rivolto a loro provoca.

Qualcuna invece riesce a manifestare indifferenza, rimane pressoché immobile e non dando quindi soddisfazione ai due scherzosi aggressori viene lasciata in pace quasi subito.

I mariti, i fidanzati, i fratelli, perlopiù fingono indifferenza: è uno scherzo, chi farebbe discussioni per uno scherzo? Anche perché seppure non coinvolti direttamente, condividono il sottinteso erotico e quello spirito goliardico che anima la scena a cui assistono.

Lentamente, facendo il giro della piazza e scherzando con tutte le donne presenti, i due si avvicinano al gruppetto di persone tra le quali stanno i nostri due giovani sposi.

In loro alberga un pizzico di provocazione per quella esternazione che prende spunto dalla loro tradizione locale. E poi i calabresi, si sa, non si tirano indietro quando si tratta di corteggiare le donne taggiasche, ma non sembrano essere particolarmente inclini a accettare di buon grado le attenzioni che i locali occasionalmente rivolgono alle loro donne.

C'è quindi un briciolo di sfida nel loro avvicinarsi al gruppetto dei meridionali. Ma c'è anche una certa volontà di coinvolgimento, un velato desiderio di condividere il divertimento con la comunità forestiera che aldilá delle inevitabili scaramucce iniziali, sta pian piano inserendosi nella vita del paese.

Carmelo guarda con un filo di apprensione la scena e pur non sentendosi affatto a suo agio, assiste con malcelata disinvoltura al succedersi degli avvenimenti.

Eccoli infine dirigere il debole fiotto di scintille verso le donne calabresi che anche loro, un po' in segno di sfida, un po' per naturale pudore, un po' perchè si sentono protette dalla presenza dei loro uomini, reagiscono moderatamente allo scherzo.

Infine, lasciatola per ultima forse a motivo della sua avvenenza, i due rivolgono il fiotto di scintille verso le gambe di Assunta.

Come le sue conterranee, anche lei reagisce con compostezza allo scherzo e Carmelo si accorge di quel briciolo d'ansia che la pervade solo dalla stretta che lei dà al suo braccio. Ma la donna, sprovveduta e forse un tantino troppo attenta ai dettagli del suo abbigliamento - specialmente in una serata del genere - ha commesso l'errore di indossare calze di nylon e queste improvvisamente prendono fuoco.

In un attimo un'atmosfera glaciale cala sulla compagnia. Alle urla della donna, il primo a reagire malgrado l'eta è compare Rocco che sfilatasi la giacca di fustagno la avvolge con prontezza attorno alle gambe della malcapitata e spegne le piccole fiammelle.

Ma lo scherzo oramai si è trasformato in una cosa seria e Carmelo, persa la calma, dà uno spintone all'uomo che ha provocato involontariamente l'incidente.

Questi barcolla all'indietro e guardandolo con astio sibila:

- *Terun de merda.*[5]

Carmelo, che già l'epilogo dello scherzo aveva reso molto nervoso, a quella ingiuria perde del tutto il controllo:

- *Quant'è vera a Madonna, ti stutu, figghiu i pputtana -*[6] risponde con odio e lascia partire un pugno che si stampa sulla faccia dell'altro.

L'uomo barcolla, cade e inizia a urlare per attirare l'attenzione. Ma non ce n'è alcun bisogno: da ogni angolo della piazza altri uomini stanno sopraggiungendo e ben presto il drappello dei calabresi si trova circondato da visi ormai poco propensi a condividere la festa.

Cumpari Rocco raduna in fretta i bambini e le donne della compagnia e li esorta ad andare via con lui. Ma queste ultime resistono e urlando cercano di convincere i loro uomini a lasciar perdere e tornare alle loro case.

Piangendo Assunta supplica Carmelo di accompagnarla via, ma questi è ormai troppo imbestialito e con fare rude la spinge via. Tutti in paese, i taggiaschi, i calabresi, il parroco, le forze dell'ordine, sapevano che c'erano dei dissapori non sopiti e che stasera l'atmosfera pagana e frizzante, peraltro accentuata dal vino, poteva farli ritornare a galla.

Ma tutti speravano e si erano adoperati fino a quel momento per far sì che la celebrazione fosse un primo vero momento di fusione tra le due comunità.

Ma le peggiori previsioni possibili si stanno verificando e sebbene la causa scatenante della tensione tra i due gruppi è stato uno stupido incidente, nessuno sembra volersene ricordare e nel giro di un paio di minuti scoppia una rissa che coinvolge una ventina di persone.

Prima dell'arrivo della Benemerita però, tutti gli uomini coinvolti nella colluttazione sgattaiolano via. Carmelo, zoppicando a causa di un calcione ricevuto a un polpaccio, fa in tempo a dare un'occhiata al suo antagonista che rovinato al suolo con il viso che è una maschera di sangue, gli sibila tra i denti:

- *A te ghe mandu int'ina cascia de moganu au paise, bastardu terun...*[7]

2

La notizia della rissa scoppiata a piazza Cavour si sparge velocemente per tutti i rioni del borgo medievale. Sebbene sia da una parte sia dall'altra qualche facinoroso darebbe volentieri seguito all'iniziale scaramuccia, ben presto la presenza massiccia delle forze dell'ordine sopraggiunte dalla caserma locale e dai paesi del circondario raffredda gli animi e dà il senso dell'accaduto: la festa è rovinata!

Il giorno dopo le due fazioni contano i feriti: ognuno è tornato a casa, alcuni hanno dovuto ricorrere alle cure del medico Rossi, a qualcuno è servito qualche punto di sutura, ma nessuno, né i taggiaschi né i calabresi, ha sporto denuncia alle autorità.

Questo preoccupa le forze dell'ordine: il fuoco cova sotto la cenere.

Assunta, dopo aver dolorosamente staccato dalle sue gambe ogni più piccolo frammento di nylon fuso dal calore e appiccicato alla sua pelle, sta ora delicatamente medicando una vistosa lacerazione sul sopracciglio destro del marito mentre Bruniceddu, assistito dalla nonna, gorgoglia gattonando sul pavimento.

Bussano alla porta con veemenza. La donna trasale e indecisa sul da farsi, tace.

La vecchia invece non esita a rispondere:

- Cu è?

- Sugnu Bastianeddu Ramarra. Pozzu trasiri?

- Trasi, Bastianeddu, 'nchiana.[8]

Il giovane sale le scale e giunge in cucina trafelato.

- Chi succediu - gli chiede Carmelo.

- Me patri vi manda a ddiri mi 'nchianati a casa ca vi 'ndavi a parrari. Dissi ca vui capisciti. Vi manda puru a ddiri i passati mucciuni mucciuni pa Barbuina ca è megghiu ca non vi faciti vidiri 'ngiru.

- Vabbò Bastianu, grazzie pa 'mbasciata, ora 'ncchianu. Cà, pigghiati 'sti centu liri e 'ccattati i sicaretti.[9]

In casa Ramarra è riunito il consiglio degli anziani della comunità calabrese: un consiglio che ricalca nei modi e nei personaggi uno di quelli che fino a qualche anno prima veniva convocato periodicamente in ogni paese di provenienza e che vedeva i vecchi e i notabili locali riunirsi in luoghi segreti per dirimere ogni tipo di controversia sorta nella comunità.

Al suo ingresso Carmelo saluta gli astanti: il padrone di casa Ciccio Ramarra, Peppe Lumera, capo riconosciuto del consiglio e poi Gaetano Saccà, Nino Ferraro e Turi Crea.

Naturalmente l'argomento del giorno sono i fatti della sera prima: Carmelo viene informato degli sviluppi della situazione.

La tensione è alta e a motivo delle minacce di vendetta che i taggiaschi hanno fatto, le donne e i bambini sono confinati in casa fino a nuovo ordine. L'uomo viene anche messo al corrente del fatto che parecchi conterranei si sono nascosti, armati di spranghe, coltelli e qualche arma da fuoco, e sono pronti ad intervenire con decisione qualora qualcuno della loro comunità subisse un'aggressione da parte dei locali.

A quanto è dato a sapere anche i taggiaschi si stanno muovendo nella stessa direzione e sebbene regni un clima di calma apparente, ci si sta preparando al peggio.

Carmelo approva e naturalmente si mette a disposizione del consiglio. Dopo qualche attimo di silenzio, Lumera gli comunica che il resto del consiglio suggerisce che lui non intervenga in alcun modo e che badi bene a restarsene nascosto in casa e a non farsi vedere in giro per il paese.

Proprio lui, infatti, ha innescato il tafferuglio e non si vuole che una sua apparizione in pubblico venga presa alla stregua di una provocazione. Lumera aggiunge che sebbene sia chiaro che egli ha agito istintivamente a causa dell'incidente subito dalla moglie, la sua reazione resta molto grave soprattutto in considerazione del fatto che si trattava di una festa che doveva rappresentare, come anche lui sapeva, un primo serio tentativo di avvicinamento tra le due comunità.

A quelle parole la reazione di Carmelo non si fa attendere: in un crescendo di toni l'uomo ripercorre gli attimi che hanno preceduto la colluttazione, chiama a testimonianza coloro che erano presenti e ribadisce che a suo modo di vedere la provocazione non doveva e non poteva essere presa sottogamba.

Conferma che non era sua intenzione innescare la bomba che poi è esplosa, che era uscito per divertirsi con la moglie e con gli amici ma ribadisce che anche se era festa, la festa dei taggiaschi, a quelli come lui non gli si poggia la mosca al naso.

Reputa che comunque i taggiaschi meritavano una lezione a motivo delle tante angherie e prese in giro che i calabrcsi devono subire quotidianamente e conclude dicendosi contrario alla decisione del consiglio che secondo lui è stata presa basandosi sulle parole di qualcuno che spinge verso la riappacificazione per salvaguardare certi interessi personali.

A quelle parole fulmina con lo sguardo Turi Crea che è il collocatore della manodopera calabrese al servizio dei proprietari terrieri della zona e che con la figlia di uno di questi è fidanzato in casa.

Un silenzio gelido cala nella grande cucina riscaldata da una stufa a legna: il riferimento a Crea e lo sguardo che Carmelo gli ha rivolto non sono passati inosservati.

Crea dal canto suo non dice una parola, ma ciò che ha appena udito e lo sguardo rivoltogli hanno per lui la valenza di un'accusa infamante. A sua volta alza lo sguardo fisso su Carmelo e i suoi occhi, chiusi in una fessura, sembrano per un attimo voler incenerire chi lo accusa.

Tocca a Lumera cercare di stemperare la tensione creatasi:

- *Non ti marojari Carmeleddu, vatindi pa casa e statti carmu. E cercamu non mi spasciamu i cosi cchiú i quant'ennu già spasciati. Vatindi pa casa e non ti preoccupari ca si 'ndavimu a jarzari i mani, non 'ndi sperdimu i comu trattaru a ta mugghieri.*[10]

Tutt'altro che tranquillizzato da queste parole, anzi offeso a morte dal rifiuto oppostogli, Carmelo si alza, vuota con un sorso il bicchiere di vino che gli è stato offerto, si pulisce la bocca con il dorso della mano e dopo aver salutato con sufficienza gli astanti imbocca le scale che portano in strada e se ne va.

*** *** ***

I cavalli e le mule sono stati ben legati alla staccionata e di fronte alle loro narici fumanti è stato ammonticchiato del fieno. I basti sono stati tolti e allineati sotto una tettoia di frasche e gli uomini, armati di schioppo, divisi in due gruppi distinti, calabresi e taggiaschi, tre per parte, si sono riuniti in circolo sotto due diversi ripari, improvvisati con teloni da campo. Discorrono del più e del meno fumando, chi la sigaretta, chi la pipa, chi il toscanello, ma i loro sguardi, che mai si incrociano, non si staccano un attimo dalla porta del casone semi diroccato.

Nel casone il fuoco è stato acceso, il bricco del caffè messo a bollire e i quattro uomini che qualche minuto prima hanno varcato la porta hanno iniziato a parlare. Da una parte Ciccin Ferrari, trasportatore di ghiaia di fiume, quello dei *tumbarelli* insomma, e suo nipote Lino Carega; dall'altra Peppe Lumera e Turi Crea.

Lumera, da ospite, prende per primo la parola e ricorda brevemente l'offesa subita dalla comunità che rappresenta, motivo a cui, ribadisce, si deve il fatto che un loro bravo giovane ha reagito innescando poi tutti i disordini successi quella notte di febbraio.

La sua vibrante e dignitosa protesta però non si ferma ai fatti della notte di San Benedetto, ma include l'atteggiamento di continua sfida e sarcasmo dei locali nei confronti dei meridionali, le paghe da fame per una giornata di lavoro, gli affitti delle case troppo alti, la reticenza delle autorità comunali a regolarizzare i nuovi arrivati e permetter così loro di ottenere lavori meno massacranti, più remunerativi e soprattutto stabili. Sorseggiando il caffè che gli è stato offerto, Lumera fa però presente che a certe condizioni i suoi uomini sono ben disposti a nascondere nuovamente le armi e a rimboccarsi le maniche per fare del paese un posto dove tutti, liguri e meridionali, possano vivere in pace e prosperando. Poi tace.

Ferrari dal canto suo, ci tiene a precisare che di spirito scherzoso si è trattato, senza alcun intento malevolo in colui che seppure con superficialità ha involontariamente innescato la reazione del calabrese.

Si dice preoccupato per le voci insistenti, ora confermategli, che vogliono un cospicuo numero di uomini calabresi nascosti, provvisti di armi e pronti a usarle ma ci tiene a sottolineare che in caso di provocazione la reazione dei taggiaschi, che anche loro si tengono pronti, sarebbe durissima.

Si dice inoltre rammaricato per l'improvviso voltafaccia della manodopera calabrese, che pare scomparsa nel nulla e ricorda i danni che i proprietari locali subiscono a causa di questo sciopero, proprio ora che la primavera è alle porte.

Conclude ribadendo la volontà dei locali di vivere in pace con i "foresti" e assicura che per quanto in suo potere, farà tutto il possibile perché l'atteggiamento nei confronti dei meridionali sia sempre più tollerante, perché le paghe e le condizioni di lavoro migliorino e garantisce che tutto il consiglio dei notabili taggiaschi farà pressione sui politici locali per far si che i certificati di residenza siano rilasciati il più in fretta possibile e senza sottoporre i richiedenti a inutili e umilianti vessazioni.

È ormai notte fonda quando i due vecchi, il viso stanco ma

atteggiato a un motivo di distensione, si stringono vigorosamente la mano e suggellano il patto di non aggressione brindando con un cichetto di grappa distillata abusivamente in una delle campagne circostanti. Crea e Carega, alle loro spalle, assistono compiaciuti.

3

Bruniceddu ha ormai un anno. Dopo aver camminato a gattoni per mesi, proprio stasera rispondendo all'invito di Carmelo che a braccia tese e sorridendo lo incitava a raggiungerlo, ha mosso i primi passi sulle proprie gambette.

La sua conquista ha reso felici i suoi genitori che l'hanno sottolineata con i loro sorrisi e con alcuni "bravo" esclamati gioiosamente.

Dopo un ultimo biberon, il bambino è stato messo a letto e ora dorme con un'espressione estasiata in viso.

Assunta e Carmelo hanno fatto l'amore. Lui, mentre lei lavava i piatti, è arrivato silenziosamente alle sue spalle e l'ha abbracciata. Lei ha reagito prendendolo per mano e trascinandolo a letto dove hanno dato sfogo alla loro passione.

Ora sono entrambe sdraiati: lui in posizione supina, lei sul fianco destro.

Guarda il suo uomo con un'espressione di intima soddisfazione e intanto cerca un briciolo di refrigerio al caldo afoso sventolando un ventaglio di seta.

Lui ha un braccio dietro alla nuca e con le dita dell'altra mano continua a torturare, arricciandolo, uno dei baffetti alla Amedeo Nazzari. Ha gli occhi socchiusi.

A basso volume per non disturbare i vicini di casa, ché la finestra è aperta a causa dell'afa, ascoltano alla radio un programma notturno di canzoni: Flo Sandons sta cantando *Viale d'autunno*.

Si sente uno scalpiccio sul selciato del carugio sottostante: due o forse tre persone che camminano senza parlare. La mano di Assunta corre ad accarezzare il petto villoso di lui, quasi a comunicargli una velata inquietitudine. Ottenuta la sua attenzione, gli rivolge silenziosamente uno sguardo interrogativo.

- *È tardu* - pensa Carmelo - *ennu quasi l'undici. Cu è ca vai giriando a st'ura i notti?* (11)

I passi si arrestano proprio sotto la loro finestra, dieci metri più in basso e i suoi pensieri vengono interrotti da una voce che non è sicuro di riconoscere, un sussurro urlato:

- Carmeloo... Carmeloo...

Cercano proprio lui, allora. Si alza, si avvicina alla finestra e dà un'occhiata nella semi oscurità del carugio sottostante.

Poi si rivolge alla moglie e con tono tranquillizzante le dice:

- *Non ti marojari, Assuntì, tempu 'na menzura sugnu a casa* -[12] e rivestitosi velocemente esce di casa fischiettando.

Lei si alza, indossa velocemente uno scialle e avvicinatasi alla finestra dà uno sguardo giù: il carugio è deserto.

*** *** ***

Sono le quattro e mezza del mattino e Bedè Panizzi percorre alla fioca luce dei pochi lampioni la via San Dalmazzo in direzione del vallone di Santa Lucia.

Giunto all'altezza di via Littardi prende a salire in direzione di Piazza Grande e dopo pochi metri entra nel basso buio e maleodorante della stalla pubblica, quella che un tempo era il ricovero degli animali di palazzo Littardi. Si ferma per qualche attimo per riabituare gli occhi all'oscurità e si avvicina quindi alla Nina, la sua mula, fedele compagna delle sue giornate di lavoro.

Carica il basto sul dorso dell'animale che intanto vezzeggia con frizzi vocali e con vigorose pacche: il quadrupede placidamente lo lascia fare. Dopo aver assicurato al ventre e al poderoso collo della bestia tutte le cinghie di cuoio e i finimenti, estrae dalla tasca della giacca il pacchetto del trinciato e quello delle cartine, arrotola una sigaretta e l'accende.

Il pensiero va al lavoro che lo attende, sporco e faticoso. Nel

81

suo appezzamento di campagna, quattro ettari di fasce piantate a orto, ulivi e vigna, Bedè ha ristrutturato un vecchio casone nel cui basso tiene una decina di capre. Ad aprile la stalla è stata ripulita dal letame accumulatosi nel lungo inverno e poi disinfettata con la calce.

Il concime è rimasto per più di due mesi a maturare all'aria aperta e ora, dopo aver magagliato il terreno intorno alle *zotte* degli ulivi e ai piedi di vigna, è venuto il momento di spargerlo sotto le piante. Si tratta quindi di caricare sui *tumbarelli* fissati al basto lo stallatico usando la pala, guidare la Nina su e giù per il viottolo di terra battuta e depositare il concime in piccoli mucchi, distribuendolo poi con il rastrello. Le pioggie, che si sperano sufficienti, faranno il resto del lavoro.

La sigaretta è ormai un mozzicone che brucia i polpastrelli. L'uomo la getta in terra e la spegne con lo scarpone e poi si rivolge all'animale con voce sonante:

- *'Taca mula*!

Appena usciti dalla stalla, gli zoccoli ferrati della Nina producono il rumore del ferro che cozza sul selciato pietroso della via lastricata che scende alla chiesa parrocchiale. L'uomo non ha percorso che poche decine di metri quando nella quasi oscurità intravede sul selciato, a circa venti metri da lui, una figura informe. Via via che si avvicina sente crescere una certa inquietitudine insieme alla curiosità di scoprire cos'è quell'ammasso indefinibile. Ma ben presto il dubbio diventa certezza: si tratta di un uomo riverso sul selciato.

La mula scivola sugli zoccoli allo strattone che Bedè dà alla cavezza e poi si ferma. L'uomo si avvicina a quella forma immobile con un ghigno tra il divertito e il disgustato:

- *Tüti i stesci! I se fan dui goti e pöi i nu sun mancu boi a-a andasene a cà. Miàmu chi u l'è 'stu lì*.[13]

Si china sull'uomo che giace prono e decide di voltarlo per vedere se lo conosce ed eventualmente per avvertire la famiglia di venire a riprenderselo.

Ma una volta giratolo sulla schiena non può fare a meno di lasciare la presa e urlare inorridito: con un ghigno indefinibile, gli occhi sbarrati e un coltello piantato nel petto, Carmelo Partesano giace a terra senza vita.

---

1 Maccheroni
2 Il quattordici febbraio
3 Carmelino, accendi la luce ché salgo le scale
4 Frittelle
5 Terrone di merda
6 Per quanto è vera la Madonna, ti ammazzo, figlio di puttana
7 Ti ci mando in una cassa di mogano al paese, bastardo terrone...
8 Chi è?
   Sono Bastianeddu (Sebastiano) Ramarra. Posso entrare?
   Entra Bastianeddu, sali.
9 Cosa è successo?
   Mio padre ha detto di dirvi di salire a casa nostra perché vi deve parlare. Ha detto che voi capirete. Ha anche detto di dirvi di passare di nascosto dalla Barbuina perché è meglio che non vi facciate vedere in giro.
   Va bene Bastiano, grazie per l'ambasciata, ora salgo. Qui, prenditi queste cento lire e comprati le sigarette.
10 Non ti preoccupare Carmeleddu, vai a casa e stai calmo. E cerchiamo di non complicare le cose più di quanto già non sono. Vai a casa e non ti preoccupare che se dobbiamo "alzare le mani" non ci dimenticheremo di come hanno trattato tua moglie.
11 È tardi, sono quasi le undici. Chi è che va girovagando a quest'ora di notte?
12 Non ti preoccupare Assuntina, tempo mezz'ora e sono a casa
13 Tutti uguali! Bevono due bicchieri e poi non sono neanche buoni ad andarsene a casa. Guardiamo chi quello lì.

* consulenze dialettali:
Taggiasco: Giuseppina Panizzi
Calabrese (grecanico): Ivan Ferraro

NUSTRALIN

1

Mi domando e dico: ma certa gente non sa proprio a chi andare a rompere le balle?

Adesso giudicate voi: ero su al Bar della Posta che mi facevo un bianco corretto Campari quando entra quel cretinetto, avrà sì e no diciotto anni, quel Massimino Cantagallo. Con il solito fare da bullo di paese, ché in un paese viviamo, mi si avvicina e quando è a un passo da me mi dà una pacca sulle spalle che mi fa rovesciare mezzo aperitivo sul bancone del bar.

E già lì han cominciato a girarmi le palle, ma sai com'è, ci si trattiene, si pensa che sono giovani, pieni di entusiasmo, si credono forti, si credono furbi: insomma ho lasciato perdere. Ma lui, non contento del danno già fatto, dopo aver ordinato una birra, si gira verso di me e senza usare la minima discrezione, anzi alzando il tono della voce quasi a essere sicuro che tutti potevano sentire, mi dice:

- Nustralin, non riesco a trovare la polvere per i furgari quest'anno. Tu che ne hai sempre, vendimene qualche chilo di quella nera, ché è buona e lo so che in paese ce l'hai solo tu.

Belin, c'è un limite a tutto! Alla giovane età, all'entusiasmo, alla presunta invincibilità, alla spacconeria: mi sono girato e gli ho mollato un ceffone in faccia di quelli che lasciano il segno delle dita.   Poi ho vuotato il bicchiere con calma, per dargli il tempo di una eventuale reazione e mentre lui si strofinava la guancia guardandomi incredulo, ho pagato e sono uscito.

Sarà anche che sono giovani, non lo metto in dubbio,

sarà che ci hanno il sangue caldo, ma perché non corrono dietro a qualche gonnella invece di andare in giro a rompere i coglioni? Adesso dimmi te cosa gli andava a girare nel cervelletto di venirsene a fare un'uscita così? Al bar poi.

Intendiamoci: io la polvere ce l'ho, in paese chi fa i furgari lo sa. Una volta all'anno, alla fine di gennaio, carico sul sedile della *Seicento* una damigiana da cinquanta chili di olio nuovo, di quello buono e quando fa scuro salgo su per la consortile tutta curve fino al cantiere dell'autostrada in costruzione. Lo scambio è sempre lo stesso: mezzo quintale di succo d'olive profumato contro cinquanta chili di polvere pirica di quella buona, ché quella per caricare le cartucce del "12" che si trova in commercio non è così potente, sarà al massimo al sessanta per cento.

A quell'artificiere di Bergamo, sempre lo stesso, non sembra vero di portarsi a casa qualche bottiglione di olio veramente buono, puro, fatto con le nostre olive e a me diciamo che mi va bene così perché mi ci mantengo questa passione che ho e la nomina che di conseguenza mi sono fatto: i furgari più belli per la festa di San Benedetto sono sempre i miei.

Ora siccome l'olio mi costa fatica, su e giù per le fasce a magagliare, concimare, brundigliare le piante e poi quando sono cariche, bacchiare e raccogliere e infine portare le olive al frantoio da Pippo Roi su a Badalucco, allora una parte della polvere me la vendo per coprirci il mancato guadagno che farei con la vendita dell'olio. Senza fare troppa scena, si capisce, a pochi amici fidati, ché anche se la Benemerita, per amore della tradizione paesana chiude un occhio sul fatto che usiamo polvere da sparo, non è che si può andare in giro con l'altoparlante a far la pubblicità, come quei tanardi della diccí o del piccí sotto le elezioni.

Poi si sa, in un paese piccolo le voci corrono ed ecco come succede che certe informazioni, alla lunga possono arrivare anche alle orecchie di certa gente.

Ma quel Cantagallo, con la sua aria da prepotente, stavolta l'ho messo a posto io.

Anche lì, vedi, fanno tante parole e dicono che con certa gente è meglio non averci a che fare, che sono mezzi malavitosi, che ci hanno la famiglia meridionale dietro le spalle: intanto si tiene lo schiaffone che si è preso e poi...in paese siamo, io non scappo mica.

2

È entrata di nuovo nel pollaio quella bagascia, ed è la terza volta. Ha lasciato in terra quattro galline ovaiole e quel bel galletto, avrà avuto un chilo abbondante di carne, che Vinzé *U Capu* dopo tante insistenze mi aveva venduto a peso d'oro.

Ma stavolta la faccio finita: domani al crepuscolo salgo con la doppietta e gli tiro un paio di botte coi pallini dell'otto e poi con la pelle mi ci faccio una borsetta per la fiasca della grappa, che mi porto quando vado al cinghiale.

È una bella bestia, il pelo rossiccio, la coda che sarà lunga almeno mezzo metro. L'ho vista di sfuggita una sera di fine novembre al tramonto, che ero salito a bagnare i carciofi nuovi. Si stava avvicinando al pollaio quando un soffio di vento le ha portato il mio odore. Si è bloccata all'improvviso, ha alzato il muso per sniffare e avere conferma della mia intrusione. Quando è stata certa, si è voltata di scatto e ha iniziato a correre saltando giù dalle fasce seguita a breve distanza da due batuffoli dello stesso colore: gli stava insegnando il mestiere di vivere.

Arrotolo una sigaretta di trinciato e l'accendo, tiro il tubo di gomma fino ai filari di cavolfiore e apro l'acqua. Poi pulisco il pollaio. Scavo infine una buca profonda e seppelisco le bestie morte. Che spreco: non si può neanche mangiarle 'ste galline, ché i morsi volpini potrebbero aver avvelenato la carne con la rabbia.

I cavolfiori sono bene innaffiati e passo ora ai piselli, appena piantati. Intanto do l'erba che il vecchio ha falciato stamattina ai conigli e raccolgo qualche erba da mangiare: un po' le passo in padella con l'aglio e il resto le do alla zia Filomena ché se è di luna buona magari domani si mette lì e ci prepara due ravioli.

Quando anche i piselli hanno ricevuto la loro abbondante razione d'acqua, salgo fino alla vasca di cemento, chiudo il rubinetto e scendo nuovamente per assicurarmi che il pollaio e la coniglera sono ben chiusi.

Prendo il cavagno con le verdure e mi avvio per il viottolo che dalle fasce sale fino alla strada consortile, dove ho lasciato la macchina.

Davanti ai miei occhi le solite tacche che conosco da sempre: i quattro scalini di ardesia cotta dal sole, il sorbo, la vecchia voliera del nonno, ormai vuota, il fico su cui Luisa, mia sorella, si arrampicava da piccola.

Ultimamente provo una sensazione strana quando penso a mia sorella.

Intendiamoci io le voglio bene, è molto più piccola di me, ha solo ventidue anni e l'ho sempre considerata come la mia principessina da proteggere.

Ma ultimamente quella donna ha preso un brutto giro, un giro pericoloso. E poi ci sta facendo perdere la faccia di fronte a tutto il paese.

È andata che…è andata che mio padre bisognerebbe… lasciamo perdere, per rispetto. Insomma lei da più di un anno filava, di nascosto ben inteso, con quel Gianni Ferrari. Ma sì il *Castelin*, gran lavoratore, niente da dire, e anche un bel ragazzo, ma forse proprio per questo uno a cui le sottane gli danzano attorno con troppa allegria. A mia sorella però andava bene così e quando in un paio di occasioni mi ero permesso di sollevare il discorso e fare qualche obiezione, la sua reazione mi aveva ben presto convinto a lasciar perdere.

Senonché una sera, verso la fine di ottobre, mio padre rientra per cena con qualche *gotto* di troppo, si siede a tavola e si fa servire il minestrone che lei aveva cucinato. Cucinava lei e veramente, per esser giusti, bisogna dire che in casa faceva tutto lei, ché la mamma, poverina, purtroppo sono già sette anni che ha stirato il gambino.

Comunque il vecchio inizia a mangiare col risucchio la minestra calda e poi, sicuramente avvelenato da qualche voce sentita al bar, attacca 'na tiritera interminabile sulle ragazze moderne e che di qui e che di là, *u paxéva* un avvoltoio che con giri lenti scendeva sulla preda. Per farla corta, quando dopo un altro paio di bicchieri ha raggiunto l'obiettivo, cioè sua figlia, lei aveva già abbassato lo sguardo in terra e aveva smesso di mangiare.

Luisa aveva quindici anni quando la mamma ci lasciò, un brutto male, povera donna ha smesso di soffrire, insomma Luisa è cresciuta per strada. Io al lavoro, il vecchio qualche ora nella nostra campagna, che da fare ne ha: son tre belle fasce di sprengeri, una serra colle strelizie e l'orto con la frutta e la verdura. Poi il pomeriggio dopo la pennichella se ne va a giocare a tressette al bar.

La zia Filomena, la sorella di mia madre, è avanti con gli anni e faceva quel che poteva. Insomma la ragazza è cresciuta in fretta e son venuto a sapere, purtroppo tardi, che confronto alle sue coetanee ha fatto, come dire, qualche esperienza in più.

Ma di *Castelin* s'era innamorata e sembrava essersi calmata. Infatti, con la voce tremante dalla rabbia e dall'emozione, ha provato a fare un discorso serio. Inutili però sono state le sue spiegazioni e inutile è stato assicurarlo che lei c Gianni si volevano bene, che lui è il migliore potatore di ulivi della zona e che quindi il lavoro non gli manca mai così come inutile è stato garantirgli che Gianni aveva intenzioni serie.

È proprio vero, non c'è più sordo di chi non vuol sentire! Se poi alla testardaggine unisci un paio di bicchieri di troppo, la frittata è garantita quasi sicuramente.

Infatti lui, alzando ben bene il tono della voce, le ha ordinato di non vedere più quell'uomo e poi soddisfatto della sua autorità paterna, che secondo lui era ristabilita, s'è alzato per andare a coricarsi.

Ma aveva fatto male i conti col caratterino della figlia,

indurito dalla dolorosa perdita della mamma. Per farla breve lei gli ha detto che ormai era maggiorenne e che quindi non avrebbe preso ordini da lui e avrebbe frequentato chi gli pareva.

Con lo scarso equilibrio che gli rimaneva, il vecchio le si è avvicinato come a voler meglio capire quello che aveva appena sentito ma quando è stato a portata di braccio le ha mollato una sberla così forte che l'ha mandata a sedere col culo per terra.

Mi sono alzato di scatto, sì, ma poi cosa belin faccio, è mio padre, gli alzo le mani? E poi lei si è messa a gridare...insomma, ho lasciato perdere e sono uscito di casa.

Non più tardi di tre o quattro giorni dopo, una sera rientro e trovo mio padre al buio, seduto al tavolo, che balbettava cose incomprensibili tenendo in mano un foglio di quaderno sul quale mia sorella aveva scritto:

- Non mi hai mai punito quando forse avevi ragione se lo facevi e stavolta che io faccio sul serio con un uomo mi metti le mani addosso? Non me lo meritavo. E poi sono stufa di farvi la serva. Me ne vado e non venite a cercarmi perché tanto non torno. Luisa.

La sera stessa ho preso il *Castelin* per la gola e l'ho attaccato a un muro chiedendogli spiegazioni. Mi ha giurato che non la vedeva da tre giorni e che l'ultima volta lei le aveva chiesto con tono deciso che intenzioni aveva: insomma voleva fare le cose seriamente e sposarla o no?

Lui si era rifiutato di prendere impegni così su due piedi e lei, per tutta risposta, gli aveva dato del pagliaccio e se n'era andata allontanandosi a lunghi passi.

L'ho lasciato lì impaurito e sono tornato verso casa incazzato come una biscia con l'intenzione di dire a mio padre il fatto suo. Ho spalancato la porta e le braccia mi sono cadute lungo i fianchi: il vecchio era seduto sulla sua vecchia poltrona e teneva il foglio di quaderno con una mano. L'altra se la passava sugli occhi e asciugava le lacrime che gli scendevano sul viso.

Dopo qualche tempo è cominciata a girare la voce che

l'avevano vista con una gonna con lo spacco e i tacchi a spillo mentre passeggiava di sera di fronte al Casinò: insomma dicono che si è messa a fare la bagascia.

Dicono che mantiene un pappone della città vecchia che va in giro con un macchinone lungo così e con un rigonfio sotto la giacca. Insomma sono preoccupato: certe storie il più delle volte finiscono male. Ma intanto quella non vuole tornare a casa e poi io come faccio? Vado là a prenderla con la doppietta caricata a palle da cinghiale?

Ecco sono arrivato sulla strada ma...Cristo, dov'è la macchina?

Mi guardo intorno sempre più sbalordito, faccio qualche passo in giù tanto per essere certo, si insomma è quasi buio, ma della mia Seicento non c'è proprio traccia. Comincio a cristare inferocito ma ad un tratto una voce che conosco bene mi blocca l'ennesima bestemmia in gola:

- Cerchi qualcosa, Nustralin?

Massimino Cantagallo, attorniato da altri tre ceffi, mi sorride tutto ganzo e si avvicina minaccioso. Faccio solo in tempo ad appoggiare in terra il cavagno con le verdure mentre ripenso allo schiaffone che gli ho rifilato oggi. Prima m'arriva lo schiaffo di Cantagallo; poi si avvicinano anche gli altri tre e belin le sento tutte, una scarica di colpi, fino a che m'arriva 'na mappina che mi prende in pieno all'orecchia destra e poi...poi non mi ricordo altro.

3

La macchina poi l'ho trovata duecento metri più a valle, sulla consortile, col muso piantato contro un ulivo e il radiatore che fumava. Comunque le Fiat sono macchine robuste e sono riuscito lo stesso ad arrivare a casa, ma erano già le undici di sera, faceva un freddo cane e i brividi mi salivano su per la schiena come cavalloni di una mareggiata invernale.

Il vecchio non mi ha ancora visto. Ieri mi sono alzato presto, ho preso la macchina e me ne sono andato a Carmo Langan. Sono stato tutto il giorno in una baracca dei cacciatori, ché in settimana non gira nessuno da quelle parti. Ho mangiato a fatica una scatoletta di tonno con un tozzo di pane e bevuto un lungo sorso da una fiaschetta di vino di quello buono, da imbottigliare. Poi mi sono appisolato e ho sognato che facevo i furgari. Segavo il bambù e facevo dei tubi chiusi da una parte dalla lamella legnosa. I tubi avevano un diametro di una dozzina di centimetri e una lunghezza di quaranta. Nella lamella legnosa facevo un buco del dodici con il trapano a mano, lentamente, con cura. Tagliavo poi un dischetto di amianto, al centro ci facevo un buco, sempre del dodici e lo incastravo al fondo della camera di scoppio. Avvolgevo poi quella parte del tubo con della carta velina da garofani, che fissavo con un elastico a fascia così che la polvere non poteva uscire. Infine appoggiavo il bambù sul tavolino con la parte vuota verso l'alto. Dopo, con la bilancia per pesare il fogliame ornamentale che il vecchio usa per fare i mazzi da un chilo di sprengeri, pesavo la polvere e la limatura. Usando un vecchio macinino per il caffè, trituravo finemente la polvere da sparo; poi miscelavo bene il tutto e infine, usando un cucchiaio, mettevo con attenzione il miscuglio nel tubo. Un po' di impasto e tanti colpi dati con un tondino di ferro per compattarlo molto bene e avanti così fino a versare tutta la dose pesata. Quando la polvere era così ben pressata da non uscire più neanche capovolgendo la canna, allora facevo lo stoppazzo. Facevo delle pallette con i fogli dei vecchi numeri del *Secolo XIX* che Rosa, la giornalaia, mi aveva tenuto da parte e usavo poi un batacchio di legno per schiacciare con molta forza la carta nel tubo. Doveva essere così ben pressata da assorbire il rinculo della polvere mista alla limatura quando gli dai fuoco al furgaro.

Alla fine il furgaro era pronto e io, nel sogno, già mi gustavo la botta di vita, quel misto tra la paura che il tubo scoppia e il godimento di avere gli occhi di tutti puntati addosso, che si prova quando dopo che ti sei messo il giaccone mimetico, il passamontagna, i guanti da lavoro di cuoio e il cappellaccio, per proteggere la testa se succede qualcosa, allunghi il furgaro verso qualcuno che con un rametto di ulivo incandescente lo accende, gli dà vita. Una vita breve la sua, è vero, ma che vita: milioni di scintille colorate che sparano verso il cielo per un po' di secondi, dodici, quindici, venti per quelli che durano di più, ma con una forza tale che due braccia da lavoro fanno fatica a controllarla. E poi questa forza cala e salgono le urla e i fischi di approvazione della gente e infine il lancio del bambù vuoto nel falò messo su dagli abitanti del rione.

Poi mi sono svegliato, era pomeriggio tardi. Mi sono alzato a fatica e sono tornato a casa, ho acceso la stufa e mi sono chiuso di nuovo in camera.

Oggi da un occhio quasi non ci vedo da quanto è gonfio e ho una bella striscia bluastra sull'altra guancia. L'orecchia è gonfia e ha il colore di una melanzana. Zoppico di brutto, il mal di testa va e viene e le gengive mi fanno ancora male ma i denti ci sono tutti. Quello che mi preoccupa è il male al costato e le tracce di sangue nella saliva che sputavo ieri. Oggi ancora non è successo ma se capita di nuovo vado subito all'ospedale a farmi fare i raggi.

Comunque stamattina mi sono alzato che avevo un buco allo stomaco: buon segno. Ho fatto il caffè e l'ho preso ingoiando a fatica, ma con gusto, un paio di canestrelli.

I dolori però mi tormentavano e siccome sapevo che c'era del laudano che era rimasto da quando il vecchio si era rotto il femore, ho deciso di prenderne una fialetta con l'acqua.

Belin che botta, altro che sambuca.

Ho dormito fino a mezzogiorno e quando mi son ripreso mi sono fatto una tazza di té con altri due canestrelli. Non ho più sputato sangue e la cosa mi rincuora ma, povero me, che male alle costole.

Me ne hanno date quante ne ho volute e hanno incluso gli interessi, i bastardi: tanto ero in terra svenuto, avevano via libera.

Ma col tempo aggiusto anche questa, non c'è problema. Lo faccio godere un po', che si sente forte, che abbassa la guardia visto che non reagisco, poi lo colpisco.

Solo che stavolta gli schiaffi non basteranno: lo aspetto una sera senza farmi vedere e gli tiro alle ginocchia coi pallini dell'otto, come alla volpe: lo faccio andare con un bastone per tutta la vita, 'sto figlio di bagascia. Degli altri tre non me ne frega niente, sono rumenta. Basterà toccarne uno, il più tosto, e gli altri spariranno come d'incanto.

E poi, dopo che avrò visto cosa c'è da aspettarsi a sparare a un uomo, a vedere come reagisco dopo aver tirato il grilletto, andrò a prendere Luisa.

Faccio male a farmi venire certi pensieri: mi è venuto il fiatone dall'incazzatura e le costole mi fanno di nuovo male.

Comunque mi sento un po' più in forze e mi sto annoiando: con 'sta faccia gonfia, uscire è escluso se non voglio diventare in un attimo la barzelletta del paese.

Potrei scendere in cantina e cominciare a riempire qualche furgaro: in fondo sono solo due rampe di scale. Le canne le ho già tagliate l'altra sera e ci ho fatto i buchi. Potrei iniziare a fare le dosi con la polvere e le limature che mi ha dato Rinaldo, il lattoniere. Ma sì scendiamo, dai. Sai cosa? Mi prendo un altro po' di laudano ma meno di stamattina, non voglio mica buttarmi sul letto di nuovo. Magari mezza fialetta, tanto per calmare i dolori fino a stasera.

Cribbio, è amaro come il fiele, fammici mettere un po' di zucchero. Ecco, ora mi siedo dieci minuti tanto da fargli fare effetto, poi vado giù.

4

Ma cosa è successo? Mi sono addormentato di nuovo. Do un'occhiata al pendolo: sono quasi le cinque. Mi alzo e mi sciacquo la faccia nel lavandino di graniglia e poi decido di scendere.

Mi tiro dietro la porta dopo aver staccato dal chiodo appeso sopra l'interruttore la chiave del basso. La luce, mi son dimenticato la luce accesa: con quello che costa.

Cristu...piuttosto che niente ho anche lasciato le chiavi di casa dentro. Così mi tocca dormire in cantina, se non voglio che il vecchio mi veda. Ma sì, più tardi gli butto una voce che domani mattina quando va in campagna, mi lascia le chiavi nella cassetta della posta appesa in fondo alle scale. Tanto una brandina giù l'ho sistemata perché qualche volta ci porto Caterina, la materassaia, che ci ha due poppe che non mi stanno nelle mani...madonna 'sto laudano che scherzi che fa.

Intanto attacco la seconda rampa, la più corta, che porta alla cantina. La vecchia chiave deve girare cinque o sei volte prima che la porta si apra e l'odore del mosto fermentato rimasto dall'ultima vendemmia misto a quello dello sprengeri mi fa pizzicare il naso.

L'interrutore è a destra e accendo la lampadina: ecco lì le damigiane piene sul soppalco di legno e quelle vuote capovolte a scolare e asciugarsi. Ai pilastri che reggono la volta sono fissate le mensole con le albanelle di pomodori secchi, di melanzane e di funghi sott'olio mentre al fondo, separata dalle altre, c'è quella grande delle acciughe, coperta con un tappo di sughero zavorrato da una pietra rotonda di fiume.

Di fianco le due giare dell'olio coperte con una tela di iuta. Dappertutto ci sono bottiglioni, pipette di gomma per riempirli e attrezzi per fare il vino. In un angolo c'è il torchio e sopra il vecchio armadio la serpentina ramata dell'alambicco per distillare.

Laggiù, dietro quella tenda lercia e tutta strappata, c'è il lavello e la branda e da questa parte, appoggiato al muro, il banco da lavoro, con la bilancia che dicevo del sogno, due paia di forbici da potatura annerite dall'uso, i guanti di gomma, la raffia per legare i mazzi di fogliame, un pacchetto di Nazionali e una scatola di cerini.

Sotto il banco di lavoro, in una cassetta di legno che tengo chiusa con un lucchetto, c'è la polvere.

Alzo a stento la cassetta e l'appoggio sul bancone, prendo la chiave del lucchetto e la apro: tredici pacchi di carta spessa e grezza, come quella usata per i cartocci dei chiodi, che contengono due chili di materiale ognuno, sono lì davanti ai miei occhi.

Dunque, ventiquattro chili li ho già venduti e con quelli mi ci pago le spese e mi metto qualche biglietto da mille in tasca; con i ventisei che mi sono rimasti, anche a caricare i furgari come si deve, ci faccio una ventina di sparocchetti. Ne ho da divertirmi per tutta la notte e posso fare il giro completo dei falò di tutti i rioni. Anzi in Piazza Cavour e dai Domenicani posso spararne anche due o tre.

Tiro fuori uno dei cartocci e appoggio poi la cassetta con i rimanenti su una sedia sfondata, lì a fianco.

Stendo sulle tavole grezze del bancone un foglio di carta bello largo, di quella da pacchi bella spessa; apro il pacco della polvere, lo porto sotto il naso e ci do una sniffata: belin come pizzica, è roba buona.

Controllo che l'ago della bilancia sia proprio giusto sullo zero e comincio a versare la polvere sul piatto fino a raggiungere un chilo e tre.

In un altro angolo del banco metto una bacinella smaltata e con un setaccio a rete fina, passo la limatura, che resti solo la più fine, quella che brucia meglio.

Ecco fatto, ora pesiamola. Centoventi grammi di limatura di ferro bastano e poi ne aggiungo altri cinquanta di quella d'alluminio che dà brillantezza. Ora devo macinare la polvere da sparo con il macinino ma prima voglio accendere la radio ché alle sei c'è il giornale radio.

La radio a transistor funziona con le batterie ma le pile son mica a *bon pattu* e durano poco. Così ci ho collegato un trasformatore da centoventicinque a dodici volt che l'ho attaccato col nastro isolante a una presa elettrica collegata al portalampadina normale, che pende proprio sopra il bancone. È un impianto casareccio, fatto alla buona ma Bastianin l'elettricista mi ha detto come fare e funziona. Mi arrampico faticosamente sul bancone per collegare la spina della radio alla corrente. Salire sul bancone sarebbe niente, se non fosse per le botte che mi hanno dato e per la mezza fialetta che ho preso io per sopportare il dolore. E poi per l'incazzatura del ricordo e della vergogna.

Comunque salgo, collego il cavetto e piano piano ridiscendo. Riempio il macinino con quattro cucchiaiate di polvere da sparo e chiudo lo sportelletto. Me la fumerei una volentieri, l'ho già fatto se è per quello, ma con con 'sto belin di laudano...che non faccio qualche belinata.

Spetta che accendo la radio, và. M'allungo per trovare l'interruttore...madonna che giramento di testa...casco, cazzo, svengo...la radio, il filo...

Epilogo

Si è sentito prima un gran botto, la porta della cantina è volata fuori sulla strada e sono scesi anche parecchi cornicioni. Per fortuna che in quel momento di lì non passava nessuno. Poi chi accorreva ha visto venir su dal sottoscala le fiamme e un fumo nero, spesso e irrespirabile. E l'odore dolciastro della carne bruciata. Non si riusciva ad avvicinarsi dal calore che si sprigionava e poi chi lo avrebbe fatto sapendo quello che Nustralin teneva in cantina.

Augusto *Barun* è stato il primo che vinta la paura ha realizzato che ormai, dopo due o tre minuti di quell'inferno, se qualcos'altro doveva esplodere a quel punto sarebbe già esploso. Ha tirato di corsa il tubo di gomma sulla strada mentre dentro qualcuno apriva al massimo il rubinetto della vasca dei garofani che c'è nel magazzino lì di fronte e lui ha cominciato a buttare acqua giù dalle scale che portano alla cantina.

Quando sono arrivati i pompieri da Sanremo, dallo scantinato usciva solo fumo e tutto il paese si era radunato nelle vicinanze.

Dopo sono arrivati il magistrato di turno e il medico legale e alla fine Nustralin, meschinetto, l'hanno portato fuori su una barella coperto con un telo bianco. La sagoma che si indovinava sotto quel misero sudario non era più quella di un uomo, era accorciata: sembrava che i pompieri stessero portando via un bambino.

U RESTU DU MUNDU

SANREMASCA
À MICHEL ONFRAY, AVEC GRATITUDE

Prologo

La camera da letto è in penombra. Giacche e pantaloni, un soprabito, un gilet, un paio di maglioni di lana, delle camicie, alcune cravatte, pendono da ogni possibile appiglio e giacciono ovunque. Sul pavimento, insieme ad una bottiglia di *Blue Sapphire* vuota, ci sono due paia di scarpe e dei calzini mentre nell'armadio a due ante, spalancate, si intravedono un paio di abiti completi, scuri, un giaccone di pelle marrone e un vecchio eskimo dal verde ormai stinto.

Sul letto a due piazze, le cui lenzuola hanno ormai assunto una colorazione grigiastra, un uomo semisvestito dorme: è sdraiato scompostamente, la testa poggia su di un lurido cuscino ammaccato, la sua bocca è semiaperta e russa rumorosamente. I capelli, corti e radi, sono raccolti in ciuffi sudaticci e le guance sono ispide di una barba di almeno una settimana. A tratti l'uomo interrompe la sua pesante respirazione per farfugliare qualcosa di incomprensibile che in breve si confonde nuovamente con la sua ritmica ronfata.
Sul comodino si riproduce la confusione circostante: un abat-jour, una pila di libri, delle monete, un posacenere pieno di cicche, occhiali da vista, un portafoglio, un mazzo di chiavi e una radio-sveglia che, ininterrotta, diffonde musica jazz a basso volume.

L'aria è stantia e l'odore del tabacco bruciato permea l'ambiente; nei fiotti di luce che filtrano dalla tapparella chiusa male, danzano milioni di particelle polverose.

Suona il telefono: uno, due, tre, dieci squilli, poi tace. Lui riemerge dal coma onirico, si rivoltola tra le lenzuola, allarga le braccia stirandosi, sbadiglia. Il telefono riprende a squillare. L'uomo si alza al quarto squillo e arriva in tempo a sollevare la cornetta, prima che l'apparecchio, collocato in salotto, taccia nuovamente:

- Oohh...chi è?

- Gaetà, eh santiddio, mi stavo preoccupando, non ti fai vivo da una settimana.

- Ah...Melissa, buongiorno.

- Buongiorno? Buongiorno un cazz...porca miseria mi fai pure parlare male. Sono le tre di pomeriggio, Gaetano, è venerdì, bello mio, *comprende*? Venerdi diciassette settembre 2004, caro il mio reporter da strapazzo. Stamattina il tuo pezzo sulla mia scrivania non c'era e siamo indietro con il lavoro. Giulietta telefona da giorni, parecchie volte al giorno in redazione per chiedere di te. Per non parlare di quello spocchioso avvocato. Io 'sta situazione non la reggo più! Le castagne dal fuoco te le devi togliere da te, adesso prendo la macchina e arrivo, vengo lì ché dobbiamo parlare.

- No Melissa, aspetta, ho mal di testa, ho la bocca impastata. Mi faccio un caffè, venti gocce di Novalgina e poi mi metto a lavorare - ribatte Gaetano, ma l'altra ha già riattaccato.

Lui ritorna stancamente verso la camera da letto: si ferma in bagno per sciacquare via quell'orribile gusto che ha in bocca e quando solleva lo sguardo allo specchio, un viso disfatto lo guarda con un disappunto che con lo scorrere dei secondi scivola nel disgusto.

Poi l'immagine di lei improvvisamente riaffiora dalla nebbia della sua mente e via via che i particolari di quel viso si delineano, Gaetano rivive il succedersi degli avvenimenti di quell'ultimo, travagliato anno.

1

Nilla Lanteri sa che a quell'ora lui generalmente rimane solo in ufficio.

La campana della chiesa degli Angeli ha appena suonato l'una. La donna, seminascosta da un pilastro di cemento su cui un rivolo pluridecennale d'acqua piovana ha creato una putrescenza muschiosa, attende con un certo nervosismo, fumando, che tre auto in particolare, delle decine tra quelle posteggiate nei meandri sotterranei del vecchio mercato dei fiori, si allontanino verso l'uscita. Poi si muove verso le scale che portano sulla strada soprastante. Il traffico dei dintorni di piazza Colombo e il viavai della gente indaffarata che rientra per il pranzo, forniscono la necessaria patina di invisibilità e di discrezione necessarie a darle la spinta definitiva per rompere gli indugi. Attraversa spedita la strada all'altezza dell'ex caserma dei vigili del fuoco e varca sveltamente il portone di un edificio di via Marsaglia. È un palazzo anonimo, costruito nella prima metà degli anni '60 senza particolari connotazioni architettoniche e senza altre velleità se non quella dell'investimento immobiliare ben riuscito. Ma al terzo piano di quel brutto edificio a due passi dal centro, in bella mostra c'è la targa di ottone dello studio legale "Gazzano e Mandelli" e in quell'ufficio, con mansioni di segreteria, Gaetano Malatesta arrotonda le scarse entrate che gli vengono dall'altro suo lavoro, o passionaccia come suole definirla con una certa prosopopea: quella del giornalismo.

La donna, la cui eccitazione quasi infantile si stempera in un strano e vago malessere, ha una lieve brevissima esitazione ma poi la consolidata abitudine ad affrontare di slancio le cose l'aiuta a superare quell'ultima indecisione: pigia il pulsante del campanello.

- Guarda chi si vede - abbozza Gaetano sorpreso scostandosi per farla entrare - a cosa dobbiamo il piacere? Se cercavi Arturo per qualche pratica, temo che dovrai ritornare nel pomeriggio.

- In effetti, sì, c'è quella storia di assegni scoperti di Sperdini, quel vostro cliente - risponde lei con noncuranza - ma sai che ti dico, ormai che sono qui e vista l'ora, che ne diresti di una sardinara alle Cantine Sanremesi - gli propone invitante.

- Perché no? - risponde Gaetano - è un'ottima idea.

Dammi un minuto per mettere via questa pratica e andiamo - le dice incamminandosi verso una stanza interna dove una scrivania ingombra di carte, un vecchio divano foderato di velluto e alcuni scaffali stracarichi di faldoni costituiscono tutto l'arredamento. Lei aspetta qualche secondo e poi lo segue.

Si conoscono da un anno: Nilla, che lavora da un affermato commercialista della città rivierasca, ha preso a frequentare lo studio legale per motivi attinenti al lavoro e tra loro è stata simpatia a prima vista. All'inizio solo cordiale formalità e una conversazione inerente unicamente argomenti professionali. Poi, via via che le occasioni di incontro e di dialogo si sono moltiplicate, hanno scoperto diversi interessi in comune. Argomenti più propriamente intellettuali che li vedono infervorarsi su questioni di carattere religioso, politico, letterario o storico. Ma anche diversioni meno seriose che si concretizzano in entusiastici scambi dialettici sulla musica latino-americana, quella brasiliana in particolare, o sulle trattorie dell'entroterra dove ancora si possono gustare un coniglio con le olive o un baccalà *aa baucôegna* cucinati alla casalinga, come Dio comanda, e accompagnati da una buona bottiglia di Rossese o di Vermentino. Oppure sulla condivisa necessità, per rimettersi dai fasti gastronomici, di quel po' di esercizio fisico che senza eccedere in fanatismi, li faccia sentire più o meno in forma. Si incontrano saltuariamente fuori dall'ufficio, nelle pause del pranzo, per una pizza alle acciughe o una porzione di farinata di ceci e un bicchiere di vino bianco e tra di loro si è instaurata una certa confidenza. Una complicità che col tempo si è trasformata in un'attrazione reciproca, sebbene questo sentimento, per innata discrezione dei due e datesi le loro rispettive situazioni sentimentali, non è mai stato espresso apertamente.

Nilla guarda Gaetano salire la scaletta per raggiungere lo scaffale più alto e riporre il faldone. Osserva il suo corpo asciutto, ben modellato, attraente e sente un brivido correrle su per la schiena. Il suo è un movimento istintivo, uno di quei gesti che una volta compiuti non si riesce a individuare la molla psicologica che li ha fatti scattare. Quando lui riappoggia i piedi sul pavimento di marmo sente le braccia di lei cingerlo alle spalle, i suoi seni premere contro la schiena e le sue mani accarezzargli il petto.

- Ma Nilla...- prova a ribattere blandamente all'abbraccio combattendo tra l'incredulità e la lusinga che la palese avance gli fa provare. Voltatosi però, trova le labbra di lei pronte a premere umide sulle sue e ben presto le pur deboli remore iniziali scompaiono in un tourbillon di indumenti che volano in aria e nello sguardo sensuale della donna che infine, presolo per mano, scivola morbidamente sul divano e lo attira senz'altro indugio su di sé.

È un mercoledí qualunque e fuori la pioggerellina autunnale disegna arabeschi sui vetri della finestra.

Nilla è corsa in bagno: tra mezz'ora rientrano i colleghi di Gaetano e ovviamente vuole essere già uscita quando arriveranno; lui resta lì sul divano ad ascoltare una ridda di emozioni dolci, avvolgenti come un morbido piumone, che gli cullano la mente. Prova il ben noto senso di appagamento fisico ma questa volta è fuori dubbio che il gioco con Nilla, la sorpresa, la novità, gli hanno procurato sensazioni che da parecchio tempo non provava più. Ma lei?

Lei ha fatto il primo passo e adesso lui non ha più dubbi: lei sapeva, voleva farlo.

Non erano solo sue le sensazioni che teneva a bada temendo di rovinare quella bella amicizia. Anche lei, dunque, provava le stesse emozioni. Si è trattato della naturale conclusione di un'attrazione che seppur inconfessata, li ha infine spinti l'uno nelle braccia dell'altra.

Quanta delicatezza, sì, ma quanta passione. È stato esaltante, erano anni che non faveva l'amore con tanto coinvolgimento, con Giulietta.

Un nome, quel nome, una immagine nella mente e subito una grossa, invisibile mano che prende a stringergli lo stomaco fino a fargli mancare l'aria. A tratti il profumo di Nilla, rimastogli appiccicato alla pelle, distoglie la sua mente per un attimo da quel senso di smarrimento che prova. Ma poco dopo esso ritorna ancora più prepotente di prima e ha ormai quasi del tutto cancellato la sensazione di leggerezza che le carezze della donna gli avevano fatto provare. Ha tradito! Vede con chiarezza che non sarebbe in grado di dare una qualche plausibile giustificazione ed è cosciente delle conseguenze che l'accaduto innescherebbe se sua moglie lo venisse a sapere.

Tutto è accaduto come nelle peggiori rappresentazioni delle abitudini piccolo-borghesi. C'è una crisi coniugale, cioè la difficoltà a comunicare, lo scemare del desiderio, l'ormai sporadica presenza di tenerezza, che invece di essere risolta con il dialogo oppure, nella peggiore delle ipotesi, con un taglio netto, viene vilmente affogata nella più banale scappatella, nelle fatidiche corna. Questo è quello che direbbe con noncuranza in altre occasioni. Ma stavolta è lui il protagonista e questa consapevolezza adesso sembra diventare quasi insopportabile, fino quasi a mozzargli il fiato.

Ci mancava solo che fossero buone amiche per colmare il vaso dello squallore - pensa con amaro sarcasmo.

China il capo verso terra e gli sembra di udire il tarlo del rimorso che inizia a rodere la sua autostima, il frastuono che il senso di colpa gli crea ad arte nel cervello. Esso però si alterna al suono dolce di una melodia in cui lusinga, interesse e desiderio si fondono mirabilmente. Un'armonia di suoni che si materializza nel volto della donna con cui ha appena fatto l'amore.

Il rumore cadenzato dei tacchi di lei interrompe i suoi crucci mentali: alza lo sguardo e incontra quello di Nilla. Sul suo viso legge le stesse sensazioni, gli stessi dubbi, le stesse paure che da qualche minuto lo tormentano. Anche lei ha una relazione consolidata da anni.

La sua domanda è banale, lo sa, ma le parole escono dalla sua bocca meccanicamente, quasi fosse un'altra persona a pronunciarle:

- Quando ci rivediamo? Dobbiamo parlare, capire.

Lei lo fissa con uno sguardo in cui traspare già una punta d'irritazione e più d'una domanda che non trova risposta:

- Non essere sciocco: è stato bello ma ora ho bisogno di riflettere, ho bisogno di stare sola per un po'.

Poi si volta, raggiunge la porta d'ingresso e imboccate le scale scompare in pochi secondi alla sua vista.

2

Bruna Serratore ha quarantasette anni molto ben portati e una femminilità marcata da una sensualità fuori dal comune. Una donna che può annoverare tra le pagine del diario della sua vita una lunga lista di corteggiatori. Fra di essi, la gran parte sono stati respinti; ma qualcuno - pochissimi in verità, quanti bastano e avanzano le dita di una mano per contarli - ha potuto beneficiare della sua confidenza e dei suoi favori.

Qualunque sia stato il loro destino comunque, ancora adesso, a distanza di anni, qualcuno si trascina stancamente nelle notti rivierasche invocando il suo nome. E nessuno di loro è riuscito mai a dimenticarla completamente.

Fisico prorompente e intelligenza viva, la donna conserva oltre a una solida e ben collaudata indipendenza, un fascino affinato con gli anni e un abbrivio deciso, anticonformista.

- *Altri tempi* - pensa spingendo il carrello del supermercato tra gli scaffali e i frigoriferi del reparto alimentari - *quando salivo per i carugi della Pigna con le borse della spesa e gli sguardi delle comari calabresi sedute sulla soglia di casa fissi su di me. Lo sapevano che per andare avanti facevo anche qualche marchetta, proprio come qualcuna delle loro figlie, d'altronde. Che però davano quasi tutto quello che guadagnavano salendo le scale delle pensioncine malfamate di Via Corradi ai loro protettori e con il resto compravano profumi, rossetti, sigarette e fotoromanzi. Io invece, per arrotondare le entrate e naturalmente per non dare troppo nell'occhio, a mezzogiorno servivo papponi, giocatori d'azzardo e camionisti seduti ai tavoli del Serenella e con lo stipendio mi ci pagavo il vitto, l'alloggio e le bollette della luce. I soldi guadagnati col mio corpo invece, li usavo per pagare la retta del collegio della bambina e per mettere da parte qualche risparmio. Non appartenevo al loro mondo, sono di Oneglia io, non riuscivano a capire la mia indipendenza. I miei rifiuti a farmi proteggere dai loro uomini mi hanno procurato anche qualche guaio e una volta addirittura un paio di ceffoni.*

- *Ora la musica è diversa* - sospira con una certa indulgenza - *le borse le lascio alla cassa, al fattorino che me le porta a casa nel suo giro di consegne: la Bruna si è accasata* - conclude con una risata secca che ha il tono ambiguo della vendetta e che fa voltare più di una testa.

- *Quando arrivo a casa, prendo un aperitivo, mentre decido il menù del giorno e poi, fino all'ora di pranzo, lui arriva alle due in genere, leggo qualcosa, scrivo qualche lettera, guardo un film, insomma faccio la signora.*

A marzo dell'anno scorso Costante Bonfiglioli, rampollo di antica e decaduta casata siciliana trapiantata in riviera, studio legale ben avviato con uffici in via Matteotti e amicizie negli ambienti che contano in città, ha vinto le resistenze di Bruna e l'ha convinta a venire a vivere in quella sua casa diventata troppo grande per lui, da quando anche sua madre è passata a miglior vita lasciandolo orfano. L'aspetto gradevole di Costante, un carattere abbastanza accomodante anche per i gusti esigenti di Bruna e non ultima la sua solidità finanziaria, l'hanno convinta a fare il grande passo. E per il momento non se ne è pentita. Lui è carino, non la trascura e anche se ormai a cinquantadue anni non è più l'amante con cui lei in certe occasioni condividerebbe il letto, le tante piccole attenzioni che le riserva la fanno sentire amata, importante, serena.

Comunque non ha voluto disfarsi della mansarda di Corso Orazio Raimondo, in cima a un palazzo ottocentesco a due passi dallo *Zampillo*: non si sa mai come vanno le cose nella vita, ha pensato al momento di trasferirsi in casa del suo uomo. L'appartamento è di sua proprietà e le sarebbe dispiaciuto rinunciare a quella sua prima grande conquista. E poi Francesca, sua figlia, ha ormai sedici anni e quando tra due anni sarà maggiorenne e uscirà dal collegio Bruna, se tutto andrà bene con Costante, vorrebbe intestarle il bilocale.

Ci va saltuariamente: apre le finestre per arieggiare l'ambiente, spolvera, mette su un po' di musica, si rilassa sul divano e ci resta per un paio d'ore. Spesso, quando è lì, rievoca i primi tempi in quella casa, quando ancora pagava l'affitto, quando ancora nei momenti di bisogno era costretta a usarla anche come alcova. Poi gli anni delle scuole serali, seconda e terza media, per prendere la licenza e poi il corso organizzato dal sindacato per steno-dattilografi. I primi lavoretti a casa, la sera dopo il lavoro alla trattoria, lettere da battere a macchina, così utili sia per l'economia casalinga, sia per acquisire velocità e precisione sulla tastiera. Infine il lavoro come dattilografa da Van Merkel, grossista olandese di fiori che aveva lo stabilimento in Valle Armea e l'intima gioia provata alla consapevolezza di poter finalmente dire addio per sempre alle umiliazioni, alle pacche sul sedere ricevute in trattoria, a quelle situazioni umilianti ma necessarie che le avevano fatto provare tanti rimorsi e sensi di colpa.

Quel piccolo ambiente, sessanta metri quadri incluso il terrazzino, racchiude il lato più segreto di Bruna, i suoi ricordi, amari o felici che siano, le sue lettere d'amore, i suoi ninnoli, i libri e i dischi preferiti, i pochi giocattoli della bambina e lei, seppur con un velato senso di colpa nei confronti di Costante, deve ammettere che solo lì si sente veramente a casa.

Una casa che con il passare degli anni ha acquisito una sua ben precisa personalità tanto che a volte, mentre sta distesa sul divano e fuma una sigaretta, le sembra che le parli, che le dica che si sente sola, vuota, inutile. Lei allora si immalinconisce e con la malinconia, indesiderato, riaffiora il ricordo di Giandomenico, il padre della bambina, un individuo pusillanime ed egoista la cui unica preoccupazione era quella di dilapidare il patrimonio di famiglia divertendosi il più possibile. Infatti, nonostante le gran belle promesse fatte in precedenza, si era volatilizzato non appena aveva saputo che lei era rimasta incinta.

Eppure, malgrado non abbia nessuna stima per quell'uomo e nonostante tutti gli anni trascorsi, quando pensa a lui prova sempre una certo rimpianto. E con il rimpianto affiora una punta di tristezza che la spinge a uscire per un caffè o per un paio di *vasche* in via Matteotti, una scusa qualunque per distrarsi.

In una di queste occasioni, forse otto o nove mesi fa, stava camminando senza fretta sbirciando le vetrine quando si sentì chiamare da una voce femminile. Si voltò e dopo un attimo di esitazione riconobbe una vecchia conoscenza dei bei tempi delle serate danzanti al *Morgana*, Nilla Lanteri.

Il quel periodo, la metà degli anni ottanta, il ballo era l'unico momento di svago che Bruna si concedeva, ritagliandosi qualche ora di serenità da un'esistenza con cui si sentiva eternamente in credito di emozioni. Il sabato sera, in compagnia di Giandomenico, dopo la cena in un qualche ristorantino sulla costa, Bruna faceva il suo ingresso nel locale sulla passeggiata a mare sanremese.

Un sabato c'era stata una gara di *rock&roll* e le due coppie finaliste erano state proprio quelle composte da Bruna e Nilla con i rispettivi ballerini. La giuria aveva premiato Nilla e il suo partner e dopo la gara, con spirito sportivo, i quattro avevano fatto conoscenza e si erano seduti allo stesso tavolo per una consumazione.

Le due donne si erano poi riviste anche in altre occasioni e ne era nata una certa amicizia che era stata però in qualche modo ostacolata dal ballerino abituale di Nilla, suo futuro marito, a cui Giandomenico non era affatto simpatico. Poi, e siamo al 1987, dopo aver saputo della sua gravidanza, lui era sparito lasciandola sola mentre Nilla e il suo ballerino si erano sposati ed erano scomparsi dalla scena. Le due donne si erano quindi perse di vista.

Dopo essersi salutate abbastanza calorosamente, considerati gli anni trascorsi senza frequentarsi, decisero di entrare in un locale lì a fianco per prendere qualcosa e poter parlare un po'. La conversazione stentava a partire, c'era un certo imbarazzo ma finalmente Bruna ruppe gli indugi:

- E allora dimmi: quanti sono quest'anno?
- Indovina?
- Trentadue?
- Eh...magari! Quarantadue, quasi! Li faccio ad agosto, e tu?
- Io ti posso fare da sorellona, ne ho quasi quarantasei.
- Ma dai che sei fresca come ai tempi del Morgana. E poi come siamo eleganti: ti sta bene quel tailleur color malva con quella camicetta fuxia.

- Anche tu ti difendi, comunque. Guarda che fisico, si vede anche attraverso i vestiti che sotto sei ancora molto...in forma.

Nilla arrossì leggermente e sorrise lusingata:
- Dai piantala. Cosa prendi?
- Ho bisogno di dolcezza: che ne diresti di assaggiare quella crostata di frutta? Ha un aspetto così invitante. Dai concediamoci uno sfizio, freghiamocene delle calorie per una volta.

- D'accordo, ma invito io, senza storie.
- Con piacere, *madame*.

Risero e poi Nilla le chiese di raccontarle di lei. Bruna disse brevemente del suo grande amore per Giandomenico e della nascita della bambina. Riepilogò in qualche frase gli anni trascorsi senza incontrarsi, i sacrifici, le umiliazioni, il lento riscatto sociale. Poi accennò al tanto sospirato lavoro gratificante e onesto, alla soddisfazione conseguitane e infine alla sua attuale tranquillità e alla prospettiva di un futuro sereno.

- E tu cosa mi racconti? Il marito? So che ti eri sposata con quel tuo ballerino. I figli? Hai figli?

Un'ombra passò furtiva sul viso di Nilla:
- Non ne posso avere, purtroppo. Abbiamo fatto di tutto, abbiamo visto tanti specialisti, ma non c'è stato verso.

- E lui come l'ha presa? Ti era vicino?

- All'inizio non l'ha presa bene e qualche volta me l'ha fatta anche pesare.

- Tutti uguali!

- Ma poi con gli anni se ne è fatto una ragione, sembra essersi rassegnato. Anche se...

- Anche se?

- Ecco, come dire, è diventato così pacioso, così pantofolaio, tutto lavoro e televisione.

- E a letto? Sei contenta della tua vita sessuale?

Nilla arrossì ma il suo momentaneo imbarazzo si sciolse in un sorriso:

- Ma dai poverino, ha i suoi anni ormai, fa del suo meglio.

- Mia cara, conosco l'antifona: siamo sulla stessa barca. Eppure, non si direbbe che ti senti troppo trascurata.

Questa volta Nilla oltre ad arrossire distolse per qualche secondo lo sguardo. Quando i suoi occhi tornarono a fissare quelli dell'amica, trovò uno sguardo indagatore in cui però la curiosità si fondeva in un sorriso di comprensione che non aveva traccia di malizia.

- C'è un altro?

- No...insomma ci sarebbe...cioè c'è stato un altro, ma non fraintendere, è una cosa da niente. E poi, ci ho già dato un taglio.
- Ehi, ma che fretta di smentire. Non sono mica il tuo confessore, io. Non devi mica rendere conto a me. Comunque, scusa sai, ma non mi convinci, non hai l'aria di chi si è messa il cuore in pace. Posso chiederti chi è?

- Si chiama Gaetano, Gaetano Malatesta, è di Sanremo, magari lo conosci anche. Lavora da Gazzano, l'avvocato in via Marsaglia. Abbiamo la stessa età. È alto poco più di me, leggermente stempiato, porta gli occhiali e un bel paio di baffi. Sarà che si tiene abbastanza in forma...insomma io lo trovo molto sexy, per capirci. Con lui, come dire, sarà forse stata la suggestione del momento, l'eccitazione dovuta al rischio, ecco, mi sono sentita disposta a tutto, non so che mi è preso, mi capisci?

Bruna replicò con un semplice cenno d'assenso.

- E poi sa parlare, è un piacere stare ad ascoltarlo. La sua vera passione è il giornalismo e scrive articoli per una rivista di viaggi. Legge tantissimo, sai, ha una certa cultura. Sa ascoltare, capire e apprezzare anche l'intelligenza, le idee, il modo di essere di una donna. Insomma non il solito cretino che vede solo tette e culo. Una bella persona, veramente.

- E a chi vorresti raccontare che ci hai dato un taglio, scusa?

- Ma è vero! È successo solo una volta, credimi. Ci si vede per lavoro, è vero, ma io non ho più...non gli ho più permesso di...- si interrompe Nilla distogliendo lo sguardo.

- E va bene - riprese dopo un attimo - visto che non ti sfugge nulla, ti confesso che è tutto così confuso nella mia mente, tutto così maledettamente complicato.

La donna chinò nuovamente il capo e dopo qualche attimo di silenzio lo rialzò verso l'amica, mostrandole suo malgrado due occhi lucidi di commozione.

Bruna osservò Nilla per alcuni lunghissimi secondi senza dire una parola, poi prese un Kleenex dalla borsetta e glielo porse:

- Allora la cosa è più seria di quello che vuoi dare a intendere.

- Grazie cara. Scusa sai, ma ho bisogno di parlarne, di cercare di capire, di un consiglio disinteressato e tu sei ricomparsa nella mia vita proprio in questo momento - e la sua mano corse a stringere quella dell'altra donna, appoggiata sul tavolino.

- Allora sentiamo, raccontami, cosa è successo - la spronò Bruna

Il cameriere servì i due tranci di torta e le bevande calde, lasciando a fluttuare nell'aria per qualche attimo una situazione d'attesa odorosa di paste alla crema e di caffè.

- Ci siamo conosciuti per lavoro, come ti ho detto. Qualche battuta scherzosa, qualche breve commento sui fatti del giorno, una barzelletta, simpatia reciproca. Poi un giorno lui mi ha invitata all'ora di pranzo da Bacibello: *una porzione di farinata e un bianco, quattro chiacchiere e un caffè prima di tornare in ufficio*, mi ha detto sorridendo. In genere vado a casa anche se sono sola, ché Fausto non viene mai a pranzo. Quel giorno non avevo proprio voglia di cucinare e di stare sola in casa, c'era il sole, mi sentivo in forma e lui è stato così gentile e insomma ho accettato. Incuriosita, sì, lusingata al limite, ma nulla più. La cosa però si è ripetuta. Abbiamo tanti interessi in comune e la conversazione era sempre brillante, simpatica, magari contrastata ma sempre interessante. Sarà stata anche la noia del solito tran-tran, non lo so, ma col passare del tempo quegli incontri erano diventati quel briciolo di colore in una quotidianità piuttosto grigia: il lavoro, la casa, pochi amici, sempre gli stessi. Con mio marito vivo un rapporto ormai quasi fraterno, fatto di tanta comprensione ma in cui ormai gli scossoni, le sorprese, la passione sono quasi solo un ricordo. A volte ci si sente sfiorire e ho solo quarantadue anni.

- Credo di capire quello che intendi - replicò Bruna.

- Gaetano invece era così attraente - continuò Nilla - e poi quel suo sforzo così dignitoso, anche tenero in certi momenti, per non far trasparire quello che in fondo avevamo capito tutti e due e cioè che ci piacevamo. Ma non è mai venuto meno alla sua determinazione anche se certi suoi sguardi, credimi, mi facevano sentire così...così...- e s'interruppe alla ricerca di quell'aggettivo che sapesse rendere una sensazione tanto netta quanto sottilmente imbarazzante.

- Desiderata - propose Bruna.

- Sì, desiderata, esattamente. Una sensazione ambigua però, bivalente, dove una sensualità matura, consapevole, sempre più difficile da tenere a bada, provocata dalle sue lusinghe, si sovrapponeva a un lieve ma onnipresente senso di disagio. Tu sai cosa intendo, vero?

- Perfettamente cara. E poi? Dai raccontami.

- Dunque eravamo consci di questa attrazione che nessuno però si sentiva di manifestare per primo. Poi un giorno, circa tre mesi fa, dovevo andare nel suo ufficio per una pratica. Quando sono arrivata lì era quasi l'una. Ho visto le auto dei suoi colleghi nel posteggio sotterraneo e non so che mi è preso: ho aspettato che fossero andati tutti a pranzo e poi sono salita nello studio da lui. Non chiedermi i motivi, non saprei risponderti. Volevo forse mettermi alla prova, capire quanto distante ero disposta ad andare. Ma una volta lì, sola con lui, ho perso un po' il controllo della situazione, ho agito istintivamente e l'ho abbracciato e poi mi sono trovata tra le sue braccia, ci siamo baciati e infine, sí insomma, è successo, lì sul divano - concluse Nilla chinando lievemente gli occhi per un breve istante prima di rialzarli con un'espressione composta ma decisa.

Trovò lo sguardo ammiccante di Bruna e finirono per scambiarsi un sorriso complice.

- Da quel giorno non ho più avuto pace: ogni volta che vado in quell'ufficio per qualche pratica, che passo davanti a quella stanza, rivedo tutta la scena, mi sembra di sentire ancora le sue labbra sulla pelle, le sue mani sui fianchi: una follia, una vertigine di desiderio.

- Però non gli ho più dato occasione e lui, mio Dio, non posso pensarci senza che mi venga il magone, lui mi guarda con uno sguardo timido, dolce, quasi supplichevole. Mi manda delle e-mail bellissime, quando telefona è sempre molto carino, è sempre galante.

- E a me, ti dico, starebbe anche bene. Solo che mi sembra troppo preso: anche lui è sposato, lei si chiama Giulietta, e se dovesse fare un colpo di testa, se la lasciasse, la facesse soffrire, mio Dio che casino.

- Calmati ora, abbassa la voce, ti guardano - affermò Bruna cercando di attenuare la tensione.

- E poi - la incalzò l'altra incurante - c'è naturalmente anche l'altro lato della medaglia: guardo Gaetano e ad un tratto al suo viso si sovrappone quello di Fausto, mio marito, e allora i sensi di colpa mi assalgono, mi deprimo, quando risalgo in macchina piango come una cretina, ho attacchi di panico, insomma, una situazione assurda.

- Ma tu - le chiese l'amica - cosa provi per lui? Pensi che sia

115

solo attrazione fisica oppure qualcosa di più profondo?

Nilla tacque per qualche attimo, come a raccogliere le idee:

- Mi piace Bruna, sarei stupida a negarlo. Mi fa provare quello che con Fausto non provo più: sa farmi sentire interessante, attraente, bella, capisci, bella. Ecco forse il desiderio fisico è la molla principale. Ma è anche un uomo attento, sensibile. A volte mi sembra di essere...di essermi...

- Innamorata - lascia cadere lì Bruna senza alcun cenno di giudizio nella voce.

- Sì, innamorata. Ma sono consapevole che voglio bene a mio marito, abbiamo un rapporto consolidato, ci parliamo, ci capiamo, siamo amici. Non voglio rinunciare a lui, alla sicurezza di quello che abbiamo creato insieme, non voglio mettere a repentaglio quello che ho. E poi non tollero l'idea di fare del male ad altra gente per soddisfare le mie passioni. Quando sono in quell'ufficio però, è come se un'altra me stessa prendesse il sopravvento.

- A lui le hai dette queste cose?

- A chi a Fausto?

- Ma va, che Fausto, a Gaetano?

- Ma quando? In ufficio? E poi te l'ho detto, viste le scintille precedenti, io evito, lo sfuggo.

- D'accordo ma se fai così lui si interstadisce ancora di più. E si creano dei malintesi.

- Mi rendo conto, ma che altro posso fare?

- Parlagli! Invitalo tu stavolta e parlagli chiaro. E fallo parlare ma ascoltalo con distacco, quasi con cinismo e se capisci che tende a precipitare le cose, agisci di conseguenza.

- Ti confesso che ci avevo pensato: per chiarire definitivamente le cose, beninteso. Ma dove? Lo avessi un posto dove invitarlo, dove poter stare tranquilli, dove poter parlare. Ho paura, non sono capace a fare queste cose, per strada mi sembra che gli occhi di tutti siano puntati su di me. Figurati poi con Fausto: se ne accorgerebbe subito.

- Insomma, l'altra volta non se ne è accorto - ribatté Bruna appoggiando la tazza del cappuccino sul tavolino e voltandosi verso il divano prese la borsetta. Dopo aver armeggiato dentro di essa per qualche secondo, ne estrasse un cerchietto d'oro da cui pendevano due chiavi e lo porse all'amica:

- Corso Orazio Raimondo 93. La chiave più piccola è quella del portone, l'altra è quella della mansarda. Prendi l'ascensore fino al quinto piano, poi sali altre due rampe di scale: la porta d'ingresso è quella a sinistra.

- Ma no Bruna, dai - cercò di opporsi incredula e imbarazzata l'amica.

- Prendile, ne ho un altro paio a casa - le disse perentoria - il telefono è il 744947: chiama prima di andare, a volte vado a passarci un paio d'ore da sola. Prendile e usale con giudizio.

Nilla rimase muta: la sua mano corse a stringere quella dell'amica in un tacito ringraziamento. Poi, dopo un lungo sguardo, scambiato in un silenzio carico di emozione, prese le chiavi, si alzò, pagò il conto e uscì dal bar con una certa fretta.

3

La caffettiera sul fuoco canta il suo aromatico gorgogliare e a quell'invitante richiamo Gaetano smette di accarezzarsi le guance ispide, rientra nel casone dai muri in pietra e calce, spegne il fornello a gas e prepara la tazzina, lo zucchero e la bottiglia di grappa, omaggio di Pierò, per il goccetto della correzione.

Come sempre, da anni ormai, quando sente di doversi scrutare dentro un po' più a fondo, si rifugia in solitudine nella casa di campagna, a San Faustino.

Una carrabile in salita, tutta curve, larga non più di tre metri, sale da Carpenosa ad Aigovo. Una trentina di casupole di pietra abitate da un centinaio di anime, la chiesetta parrocchiale e il bar-trattoria prospicienti la minuscola piazza, costituiscono tutto il paesaggio. A metà strada tra i due borghi si diparte un viottolo di terra battuta, conteso ai rovi e alle felci a colpi di falcetto ben affilato, che conduce direttamente al casone.

Affacciatosi nuovamente sulla soglia, l'uomo sorseggia il caffè seguendo con gli occhi un banco di nebbia che lentamente scende dal Colle della Morghetta fino quasi a fondovalle, a nascondere l'orrendo taglio della cava di inerti.

La vista degli scaloni di roccia tagliati sul fianco della collina lo indispone: distoglie lo sguardo da quello scempio e con gli occhi corre ad abbracciare i colli circostanti con la loro vegetazione fitta di castagneti in basso e, sui crinali più in alto, di abetaie, dalle cui cime il sole inizia proprio ora a far capolino.

Ben presto l'aria pungente del mattino lo spinge a rientrare: ha del lavoro da fare e la giornata promette bene. Avrebbe potuto impigrirsi più a lungo sotto il piumone caldo, ma vuole approfittare di questa pausa introspettiva per tagliare l'erba, bruciarla e pulire il terreno preparandolo per la prossima distesa delle reti per le olive.

Il piccolo podere l'aveva acquistato suo padre anni prima quando a causa di un infarto aveva dovuto rinunciare al suo mestiere di carpentiere edile. L'uomo ha trasfuso in quella nuova attività tutta la sua voglia di fare, la sua sapienza antica di contadino calabro e la sua necessità psichica, più che materiale, di contribuire al bilancio familiare. Tanto che nel volgere di qualche stagione, il rudere semi-diroccato e i tremila metri quadri di rovi aggrovigliati alle piante, sono diventati un'accogliente casupola di campagna con cucinino, camera da letto e ripostiglio per gli attrezzi, circondata da un piacevole digradare di terrazze coltivate a ortaggi all'ombra di qualche albero da frutta e di una trentina di ulivi.

Il vecchio sale ancora ogni tanto, una volta o due alla settimana. Gli anni passano e a lui, i suoi settanta cominciano a pesare. E poi non guida: ha la patente da quarant'anni ma non ha mai voluto guidare. Così, per l'andirivieni dalla campagna, una trentina di chilometri in tutto, chiede un passaggio a uno degli autisti dei camion che salgono a caricare la ghiaia.

Lo tirano su volentieri, chiacchierano un po' e lui poi si sdebita con una busta di frutta e ortaggi freschi oppure, ogni tanto, con una bottiglia d'olio buono. Sale giusto per innaffiare le verdure; poi raccoglie un po' di frutta, qualche cespo di lattuga e infine si avventura per una passeggiata sotto i castagni con gli occhi incollati al terreno: in estate per scovare qualche porcino dimenticato dai "fungaioli", in autunno per raccogliere le castagne più grosse da fare arrostire sulla padella bucherellata.

Gaetano e suo fratello Riccardo salgono quando è necessario fare dei lavori pesanti: il decespugliatore e il fuoco per bruciare erba e *ruvei*; la motozappa per preparare il terreno e il letame da stendere; la potatura, la bacchiatura e il trasporto delle olive al frantoio per la frangitura.

Dopo il recente periodo di completo abbandono, di trascuratezza e trasandatezza e la conseguente scenata che Melissa gli ha fatto qualche giorno fa, mettendolo di fronte ai suoi atteggiamenti e alle sue responsabilità, questa fuga strategica in campagna era divenuta pressoché obbligatoria per riflettere a fondo sulla piega che hanno preso gli avvenimenti negli ultimi tempi e per fare chiarezza nella sua confusa sfera emotiva e sentimentale.

Così ha deciso di passare alcuni giorni lontano da tutto e da tutti, nella casupola isolata, solo con se stesso, a lavorare di buona lena e a riflettere sull'incubo che la sua vita è diventata.
Anche dentro quei quattro muri di pietra e calce, la caffettiera, il fornello a gas, la sedia impagliata, gli parlano di Nilla: erano saliti un paio di volte insieme per rifugiarsi da sguardi indiscreti.

Ma adesso è solo e sa che lasciarsi trasportare dai ricordi non lo aiuterebbe a migliorare la situazione e finirebbe peraltro per trascurare e non portare a termine il lavoro che lo aspetta in campagna. Scaccia quindi le suggestioni sentimentali e prepara il decespugliatore, indossa gli occhiali protettivi e le cuffie anti-rumore, da un paio di strattoni alla cordicella d'accensione e comincia a falciare l'erba che gli arriva all'altezza dei polpacci.

Dapprima assorto attentamente sul suo lavoro, via via che esso diventa metodico, la sua mente ritorna agli avvenimenti che lo hanno portato a quel punto, ai suoi stati d'animo.

C'era dunque stato quell'exploit erotico in ufficio: facile ora, con il senno di poi, ammettere che sarebbe stato meglio evitare. Evitare cosa poi? La situazione era matura, si volevano e pur non essendo stato lui a fare il primo passo, le era grato per aver preso l'iniziativa.

Subito dopo però, erano iniziati i problemi: entrambi avevano iniziato a provare dei forti sensi di colpa e Nilla, pur se cortese e sempre molto cordiale, per un certo periodo di tempo aveva rifiutato di incontrarlo in privato.

Durante questo periodo, durato circa tre mesi, Gaetano aveva sentito crescere dentro un sentimento tanto coinvolgente quanto frustrato dal desiderio inappagato di parlarle a tu per tu, di riaverla, di rivivere quel momento di passione.

L'atteggiamento di lei era quantomeno contraddittorio e non faceva che aumentare le sue aspettative che però, sistematicamente, venivano frustrate.

C'erano momenti in cui pareva che le sue attenzioni non le dispiacessero, che anzi la lusingassero. Poi però, quando lui le proponeva di incontrarsi dopo il lavoro, finiva sempre per rifiutare ogni tipo di approccio privato.

La capiva: i sensi di colpa, il timore del biasimo della gente, le conseguenze di una scelta così drastica, l'insicurezza per il suo sentimento. Lui però, a quel punto si sentiva pronto a spingersi oltre, a offrirle qualcosa di più che una tresca clandestina.
Ma non appena lui accennava all'opportunità di fare delle scelte, lei spariva di nuovo, per giorni e giorni.

Il dramma - perché ormai di un dramma si trattava - era che malgrado ciò, lui non riusciva a darsi per vinto. Razionalmente avvertiva che l'unica soluzione sarebbe stata dare un taglio netto a quell'assurda situazione, ma di fatto continuava a rilanciare la posta in gioco temendo di perdere l'intero piatto. Era convinto che anche lei si fosse innamorata e la giustificava, trovava sempre una spiegazione ai suoi voltafaccia, la idealizzava.

Sempre più spesso però, queste considerazioni venivano soppiantate da un sentimento di rancore nei suoi confronti e in quei momenti, nel suo negarsi lui vedeva l'espressione di un egoismo impermeabile a qualsiasi sentimento.

Questa alternanza di sentimenti gli aveva tolto il sonno e alla fine, esausto, aveva faticosamente preso la decisone di troncare la relazione. Aveva cercato di convincersi, senza peraltro riuscirci del tutto, che per lei era stata solo la follia di un momento, un attimo di debolezza, uno sfizio da togliersi con un uomo che le era risultato simpatico o attraente.

Inoltre Gaetano non poteva più fingere di non aver notato i cambiamenti nel suo quotidiano rapportarsi con gli altri.

Intanto era venuto crescendo in lui un senso di ribellione che via via aveva provato sempre con maggior intensità di fronte alla stanchezza del rapporto con Giulietta.

Una relazione che inchiodandolo alle sue responsabilità morali, gli impediva di riprendersi quello spirito vitale, quella libertà che, così pensava, esso gli aveva tolto.

Andava così sviluppando una insofferenza nei confronti di sua moglie mai sperimentata prima ed essa veniva aggravata dall'altrettanto nuova e fastidiosa sensazione che la necessità e la capacità di nasconderle qualcosa gli facevano provare.

A cena lei lo guardava con uno sguardo in cui tenerezza e interrogativi si fondevano e sebbene ancora non lo avesse affrontato direttamente con delle domande specifiche, era ormai evidente che il suo atteggiamento aveva iniziato a inquietarla, a intristirla, a insospettirla.

Sul lavoro poi, sia nello studio legale sia con la rivista di viaggi, le cose sembravano essersi improvvisamente complicate. In ufficio gli era successo in un paio d'occasioni di rispondere con un'animosità che, proprio perché a lui normalmente aliena, aveva disegnato sui visi dei colleghi una certa incredulità.

Per quanto riguardava il giornalismo invece, gli era capitato ormai in più di un'occasione di essere in ritardo con la consegna settimanale dell'articolo oppure, al momento di mettersi a scrivere, di non avere la minima idea di come iniziare lo scritto e poi portarlo al termine.

Ed era evidente che i vari malintesi, i ritardi, i suoi nervosismi erano da attribuirsi al fatto che la sua mente era totalmente assorbita dall'andazzo di quella relazione.

Erano intanto trascorsi altri tre mesi e una mattina in cui sentiva di non riuscire più ad andare avanti, aveva infine preso la drastica decisione: basta telefonate, basta e-mail e soprattutto cortese indifferenza quando lei sarebbe venuta in ufficio per qualche pratica.

Ma a questo punto un colpo di scena venne a scombussolare i suoi piani. Era riuscito per qualche giorno a non alzare la cornetta per comporre quel numero quando una mattina, inaspettata, giunse la chiamata di Nilla. Lo invitava per quella sera a cena in quel ristorante ungherese di via Palazzo, ai piedi della *Pigna*, dove facevano un ottimo gulash e servivano un Traminer più che dignitoso.

Gaetano, che stava lavorando a un reportage sulle città della valle della Loira e che doveva consegnare l'articolo riguardante Angers entro un paio di giorni, aveva inizialmente, con cortesia e con fermezza, declinato l'invito.

Non poteva negare di aver provato un sottile brivido di compiacimento nel negarsi: che provasse anche lei ogni tanto, quello che lui aveva assaporato più volte di fronte ai suoi dinieghi, ai suoi silenzi prolungati, alle sue improvvise sparizioni.

Alle insistenze di lei però, che aveva giustificato quella sua mossa con l'esigenza di parlare e chiarire la situazione, Gaetano aveva visto pian piano le sue resistenze sgretolarsi e quando infine lei aveva accennato a un posto tranquillo, una mansarda di cui un'amica le aveva prestato le chiavi lui, incuriosito e lusingato, aveva infine accettato l'invito.

4

- A cosa pensi?

- Perché lo vuoi sapere?

- Beh...è per via di quel sorrisino che ti illumina lo sguardo.

- Sorrido perché sono una donna appagata.

- Vuoi dire l'amore, come l'abbiamo fatto?

- Si voglio dire quello. Lascia che te lo dica, Scribacchino: non mi sono mai sentita così eccitata con un uomo, come mi fai sentire tu. Mi ubriachi di parole dolci e sensuali e poi mi baci in quel modo che sai tu, mi dai quelle carezze...se non temessi di sembrare ridicola, ti direi che sono gelosa al pensare dove hai imparato tutti quei giochetti.

- Gelosa? E di chi? Se lo sai che ho solo te in testa.

- Ecco, non ricominciare adesso. Sei stato grande: la cena, come mi hai corteggiata, la tua calma, il tuo saper attendere il momento giusto. E poi l'amore, dai, non rovinare tutto, per favore.

- Dovrei sentirmi lusingato?

- Certo che devi. Ma evita quei tuoi romanticismi fuori luogo. Prendila per quello che è: una bella serata passata in compagnia di una cara amica con la quale occasionalmente ti puoi concedere anche qualche diversione erotica.

- Si Nilla, lo so, ma...

- Gaetano, piantala! Sii realista!

- Ma io sono realista. Tu piuttosto? Oggi sei tutta un miele, domani non ti fai neanche trovare, o non rispondi alle mie mail, o annulli appuntamenti già fissati. Cos'è realismo il tuo? Mi dici che è solo per il desiderio? E allora soddisfiamolo questo desiderio, no? Non puoi dirmi oggi che ti manco da morire e domani, quando mi avvicino, scacciarmi come se avessi la lebbra. Come pensi che debba sentirsi un uomo?

- Bravo! Vedo bene che hai deciso di guastare tutto stasera. Che effetto pensi che mi faccia sentirti guaire come un cucciolo perso? Pensi di farmi inorgoglire? Pensi di lusingarmi?

- Non lo so cosa penso. Anzi sì che lo so: penso a te, a quello che dici, a quello che fai. Tu che dici che per te è solo attrazione fisica: ma non ti rendi conto? Non ti accorgi di come ti gestisci la situazione? Non ti accorgi che mi dici che sono solo una bella scopata, scusa, una bella diversione erotica e poi mi mandi i bigliettini tutta dolcezza in una busta con i cuoricini di cioccolata? Non ti accorgi che se parlo di un'altra donna che non sia mia moglie, reagisci subito da gelosa? Non ti ricordi più di quando, da sbruffone e per darmi un tono, finsi indifferenza quando arrivasti in ufficio e subito mi scrivesti che ti avevo fatto piangere? O forse vuoi uno specchio per vederci riflessi certi tuoi sguardi? Passo il tempo a struggermi perché non possiamo stare più spesso insieme, perché non possiamo vivere la nostra relazione liberamente. E tu, secondo me, in certi momenti fai esattamente la stessa cosa. Ti mando e-mail, ti telefono, ti faccio continuamente capire quanto sei importante e tu come reagisci? Non ti rendi conto che...insomma negherai fino alla morte ma io dentro di me lo sento: anche tu sei innamorata. Vuoi sapere cosa penso? Penso che dovremmo mollare tutto e andarcene a vivere lontano da qui, che ne so, a Barcellona, su un'isola del Pireo, in Australia.

- Adesso basta! Passami la mia roba, dai, ché io me ne vado.

- Ma dai non fare così, dove vai, stiamo ancora insieme, parliamo.

- D'accordo parliamo, ma tu smettila di dire cretinate. Ascoltami bene, testone, te lo ripeto ancora una volta e stavolta sarò chiara, non farò giri di parole. Tu mi piaci e questo lo sappiamo tutti e due. Mi ecciti, mi fai sentire desiderata, mi fai sentire bella come non mi accadeva da anni, anzi, forse come non mi era mai accaduto. E poi sei intelligente, sei attento alle mie esigenze, sei interessante. E a letto ci sai fare.

- E allora? Dillo, no, che sono quello che fa per te. Dillo che alla fresca età di quaranta e passa anni hai trovato l'amore, quello vero.

- No, non lo dico! Ed il motivo sai qual è? Il motivo è che il bene che voglio a mio marito non è paragonabile a nessun altro sentimento. Un bene costruito con anni e anni di comprensione, di supporto reciproco, di situazioni belle e brutte condivise. Tu sai risvegliare in me delle sensazioni alle quali è difficile resistere e sai farmi sentire importante per quella che sono. Ma Fausto è tutta la mia vita, è tutto quello che ho e non me la sento di rovinare una relazione che va avanti da quasi vent'anni. Ecco il perché dei miei voltafaccia, del mio nascondermi: non sono una donna che può e sa gestire due relazioni contemporaneamente, non sono capace. E tu devi capire se a volte questo stato d'animo mi allontana da te, mi spinge ad evitarti. Desidero che la nostra storia resti una cosa leggera, una storia che non ci crei dei problemi che poi non sapremmo come risolvere o che lascerebbero cicatrici non più rimarginabili. Per me è e deve rimanere una storia che non ci impegna più di tanto emozionalmente, insomma, un capriccio dei sensi impreziosito da sorprendenti affinità intellettuali.

- Ah, questo sono dunque: un capriccio dei sensi.

- Beh...non ho detto esattamente solo questo ma sì, un capriccio dei sensi. E un uomo estremamente interessante. E non fare quella faccia. Sei la realizzazione delle mie più segrete fantasie erotiche. Con in più il bonus che sei una persona con cui condivido un sacco di interessi.

- Quando parli così mi fai incazzare.

- E allora scazzati subito. Non so per te, bel baffo, ma per me non è mica così facile sai? Faccio continuamente i conti con i miei sensi di colpa. Te l'ho già detto: con Fausto ci diciamo tutto, parliamo di tutto e credimi non è facile mentirgli, tacere su questa cosa. E ti ho anche detto che sono cresciuta in una famiglia molto religiosa e tradizionale, che mi ha inculcato certi valori e una visione del ruolo femminile, del matrimonio, del cosiddetto tradimento, molto ben delineata e rigida. Ben lontana da come ho preso ad interpretarla io da quando ci frequentiamo.

- Non esagerare, adesso: ci frequentiamo per modo di dire.

- Non ricominciare, per favore.

- La fai facile tu. Ma io? Prova a metterti nei miei panni: mi sembra di essere su un'altalena: oggi al settimo cielo, domani nel fango, a seconda del tuo umore: cosa dovrei fare io?

- No! Non a seconda del mio umore, a seconda delle tue aspettative. Cosa dovresti fare? Dovresti cercare di vivertela come cerco di vivermela io: Nilla è un'amica con cui hai sempre piacere di parlare e che ti piace un sacco perché ti fa sentire di nuovo un giovanotto baldanzoso. Ma senza ipotizzare cataclismi, fughe da casa e stronzate simili. Una bella amicizia, rallegrata da qualche briciolo di tenerezza e da un tocco di sensualità, di tanto in tanto.

- Eh sì, un giovanotto baldanzoso. Sai a volte penso che sono preso così tanto da te proprio perché vent'anni non li ho più. Pensavo di non essere più capace di provare certe emozioni. Ormai ero convinto che la crosta esistenziale si fosse talmente ispessita che nessuna donna, nessuna emozione sarebbe stata in grado di romperla e invece...invece...

- Shhhhh...vivi l'attimo per quello che è Gaetano: sono il dono che non ti aspettavi, caduto dal cielo per rallegrarti la vita, non per rovinartela. E tu sei il mio. Dai, dammi un bacio.

- Come? Dopo quello che hai detto, dimmi perché dovrei baciarti?

- Baciami, tanardo.

- No lasciami dire...ma dai cosa fai adesso? Lasciami stare, che non...

- Taci Gaetano, taci e baciami ancora.

- Ti amo, Nilla, sei così bella, io...

- Fammi l'amore, Scribacchino, fammi l'amore in silenzio, l'amore che possiamo, quello che dico io, quello reale. L'amore che intendi tu è un lusso che non possiamo permetterci. E lo sai.

- Te le sai giocare bene le tue carte, vero?

- Perché non ti piace come gioco?

- Quando mi parli così, con quella voce roca, quando mi guardi in quel modo io...ohhh Nilla...

- Si, Gaetano, così, accarezzami ancora. Con calma, però, senza foga. Fai piano adesso, piano, dolcemente...*softly*!

5

Oggi il cielo è coperto e ogni tanto qualche goccia scende a inumidire il terreno, l'uliveto, i suoi abiti, la sua anima.

L'erba tagliata nei giorni scorsi e messa a seccare in covoni ben distanti dalle piante d'olivo, è pronta per essere bruciata e oggi sembra essere la giornata giusta, umida e senza vento, per accendere il fuoco senza correre particolari rischi di incendio.

Gaetano connette un'estremità del tubo di gomma al rubinetto della vasca d'irrigazione e ne trascina l'altra giù per le terrazze fino a raggiungere il covone più in basso: meglio esser pronti per qualunque evenienza.

Qualche foglio di un vecchio quotidiano e una scatola di fiammiferi è tutto quello che gli occorre per completare l'opera di pulizia.

Il sentiero introspettivo percorso negli ultimi giorni non lo ha ancora portato a individuare una soluzione, ammesso che ce ne sia una, al suo travagliato stato d'animo.

Ma se non altro sembra essere servito a fare chiarezza sull'attuale situazione.

È giunto il momento di cercare di riassumere il tutto e trarne le debite conclusioni.

Riepilogare il groviglio di sensazioni da lui vissute da quel famoso incontro di circa un anno prima, significa constatare senza drammatizzare né enfatizzare eccessivamente, che si è innamorato di lei.

La loro consapevolezza, la loro maturità, le loro affinità

intellettuali ed erotiche hanno reso l'esperienza ancor più interessante, più viva, più palpitante.

Solo che il sentimento si alimenta soprattutto delle sue personali aspettative riversate sulla donna e lei non si sente di viverlo col suo stesso abbandono, con la stessa intensità.

Che cosa gli resta?

Un fastidioso senso di frustrazione per una relazione che a suo avviso, non è mai stata vissuta compiutamente. L'irritazione verso di lei per i suoi dinieghi. E il suo senso di sconfitta.
Se avesse saputo cogliere il bello in quello che lei proponeva, una sincera amicizia impreziosita da qualche diversivo erotico, forse avrebbe imparato a gioirne, a viversi la storia con la leggerezza necessaria, a non rovinare tutto.

Se, se, se...troppi retaggi, troppi condizionamenti, troppe insicurezze e oramai è tardi per trastullarsi con queste proiezioni immaginifiche senza costrutto che non portano nessun beneficio.

Lui, dopo quella sera della mansarda, cinque o sei mesi fa, l'aveva ripetutamente cercata riproponendole una relazione seria, alla luce del sole, magari lontano da Sanremo. Ai rifiuti di Nilla, teneri ma fermi, aveva reagito con arrabbiature clamorose, improperi, ricatti fino a giungere a minacciarla che avrebbe commesso una follia. A quel punto lei era sparita.

Ha poi sentito dire che aveva lasciato il lavoro ed era partita per un lungo viaggio - ha dei parenti all'estero - per curarsi un esaurimento nervoso.

Ma Colombis, il pianista del night club dove lui era andato a bere qualche volta fino a stordirsi, l'unico a cui una notte aveva confessato la sua pena, gli aveva poi detto che una sera l'aveva vista. Lo avevano chiamato a suonare dei milanesi facoltosi che avevano dato un party privato in casa loro e lei era arrivata con il marito e un altra coppia di amici.

E adesso che senso avrebbe rincorrerla? Che senso avrebbe crearsi nuove aspettative?

Lui deve lasciare al tempo, infallibile guaritore, il compito di rimarginare la sua ferita. Deve attendere, riparandosi in se stesso, che il senso di sconfitta che ora prova sfumi e si fonda con il ricordo di lei mondato dal rancore.

Gaetano sembra poter trarre un certo conforto mentale da questa nuova risoluzione. Per un attimo sorride ma ben presto però, il lieve sorriso si cambia in una smorfia di disappunto al pensiero dei forzati e ripetuti distacchi, del senso di mancanza, dei silenziosi drammi consumatisi al cospetto di Giulietta. No, non sarà una passeggiata lasciarsi dietro questa esperienza.

La fiamma che covava sotto l'erba umida, dopo aver emesso il primo fumo denso, bianco e odoroso di sterpaglie, si è spenta definitivamente:

- *Devo salire a prendere il bidonetto della benzina* - pensa Gaetano contrariato.

Si avvia per la stretta mulattiera che porta al casone e una volta giuntovi, prende il bidone di latta con il carburante e ridiscende velocemente.

Sparge della benzina sul fascio d'erba, accende un fiammifero e lo lancia sul covone.

Una fiammata improvvisa quanto violenta lo sorprende e prima che si sia completamente riavuto, il fuoco ha già consumato il mucchio di erba secca e ha iniziato a propagarsi alla vegetazione circostante.

Una certa inquietudine, la sorpresa, una breve indecisione, sono sufficienti a far aggravare la situazione. Proprio sopra il covone che è avvampato, abbarbicato al *maxé* c'era un giovane sorbo che la fiammata ha presto divorato per poi propagarsi al covone ammucchiato sulla terrazza soprastante.

- Cristo, mi scappa...- realizza ad alta voce e la frase smozzicata ha comunque il potere di risvegliarlo da quella sorta di trance che fino a quel momento gli aveva impedito ogni movimento.

Balzato nuovamente sulla mulattiera, corre il più velocemente possibile verso la cima della colla dove troneggia la grande vasca cilindrica per l'irrigazione. Apre completamente il rubinetto dell'acqua e si precipita caracollando verso il punto da cui una spirale di fumo grigio e denso si alza già verso il cielo.

Fatica non poco a circoscrivere il focolaio che nel frattempo, spinto a ponente dalle prime leggere raffiche di grecale, ha attaccato i primi castagni al limitare della proprietà. Ma finalmente, dopo *un brutto quarto d'ora*, riesce a spegnerlo.

Risale velocemente la costa per chiudere il rubinetto: l'acqua quassù è un bene scarso e quindi prezioso.

Una volta ridisceso si sdraia sull'erba umida e falciata di fresco e assapora il sollievo per essere riuscito ad evitare un disastro. Poi si appoggia su di un gomito, estrae il pacchetto di sigarette dal taschino della camicia di flanella, ne prende una, l'accende e aspira profondamente.

Immancabilmente il pensiero ritorna a Nilla e alla piega che quella loro stramba relazione ha infine preso; alla consapevolezza che gli si delinea nella mente in maniera così chiara, così distinta, così definitivamente irrimediabile, di veder svanire un'idea, a suo giudizio, così compiuta di amore. Inaspettatamente, facilitate anche dalla forte emozione appena provata a causa del fuoco, Gaetano sente due lacrime scivolargli sulle guance sporche di sudore e della barba di parecchi giorni.

Basta, basta, basta! Se lo ripete più e più volte per trovare il coraggio, la convinzione a persistere con la decisone presa: ha troncato una volta per tutte e definitivamente quella relazione.

- Sono stanco - considera a voce alta - ho i nervi a pezzi, non posso andare avanti così. La mia vita sta andando a puttane. Il matrimonio, il lavoro, come mi giro vedo solo macerie fumanti. Sono andato a vivere da solo: chissà cosa credevo di trovare, poi? La libertà...ma quale libertà? Quella di lasciarmi andare, di scivolare sempre più in basso, di bere fino a stordirmi.

- Devo tornare a vivere, devo lavorare, devo scrivere. Sì ecco, scrivere è la mia vita, scrivere mi tirerà fuori da 'sto casino, non devo rinunciarci. Non per una storia che non ha né capo né coda, che non mi porta da nessuna parte, che mi sta distruggendo.

Il suo sproloquio viene interrotto dallo squillo del cellulare che lo avverte della ricezione di un messaggio. Armeggia con i tasti per qualche secondo e finalmente il testo appare sul piccolo schermo:

- Un uccellino mi ha detto che sei in campagna: sto salendo! Ho scritto una poesia, vorrei che la leggessi. Ho preso una bottiglia di Rossese e un coniglio. Lo cuciniamo con le tue olive. Lo gustiamo accompagnato dal vino e poi facciamo l'amore. Ciao, Nilla.

Gaetano prende a digitare freneticamente e compone una risposta che seppur gentile, esprima il suo netto rifiuto all'allettante proposta:

- Ho deciso di troncare con te e sto male! Voglio rimanere solo. Non me la sento di vederti. Abbi pazienza, cerca di capire. Passerà, credo, e tra un po' di tempo la nostra forse sarà una bella amicizia. Ma ora no, scusami. Mi sento debole adesso, svuotato, ma ho preso una decisione e voglio mantenerla. Sii gentile Nilla, tornatene a Sanremo. Ciao, Gaetano.

Invia il messaggio e si sdraia nuovamente sull'erba maledicendosi per aver rifiutato l'offerta che lei le faceva di se stessa, invece di accoglierla a braccia aperte.

Un'insolita indolenza lo prende: troppe emozioni, pensa, mentre sente le palpebre farsi sempre più pesanti. Infine si assopisce. E sogna.

Nel sogno vede un paesaggio simile a quello che lo circonda ma da una prospettiva aerea, dall'alto. Ed è lui, nudo, le braccia a guisa di ali spalancate, che sta volando. Plana lentamente fino a raggiungere il mare e qui giunto, dopo aver osservato con un certo compiacimento le onde che accarezzano la battigia, con una morbida virata, riprende la direzione delle alture, sorvolando velocemente le serre dei fiori a fondovalle, gli uliveti delle prime alture e infine, sulle prime pendici appenniniche, i castagneti e i boschi di conifere.

Poi, in mezzo a tutta quella pace, a quel silenzio rotto solo dal frusciare delle correnti ascensionali, un suono stridulo, estraneo a quella quiete, lo disturba, lo deconcentra, gli fa perdere equilibrio e stabilità e inizia a precipitare. Si sveglia.

Si guarda attorno incredulo, lottando per rimettere a fuoco la realtà circostante che col passare dei secondi si sovrappone all'immagine onirica. Ed ecco il suono stridulo ripetersi due volte. Stavolta non ha dubbi sulla natura e la provenienza dell'esperienza acustica: si tratta del clacson di un'auto, dell'auto di Nilla.

Si alza, raccoglie ancora una volta l'estremità del tubo di gomma e con un accenno di sorriso che suo malgrado gli addolcisce l'espressione che ha in viso, risale di nuovo la mulattiera per raggiungere il casone, la poesia, il coniglio, il vino e le labbra di una donna a cui, aldilá dei suoi buoni propositi, non sa ancora rinunciare.

Tutta colpa della Marangolo

La "vasca" genovese prende ad animarsi grazie al popolo impiegatizio che inizia a sciamare via dagli uffici. Sono leggermente in anticipo sull'ora dell'aperitivo serale quando mi siedo al banco di un baretto nascosto in una traversa di via XX Settembre e ordino un pastis.

Il barman, un trentenne di bell'aspetto vestito sobriamente ma con buon gusto, biondo, occhi scuri, sguardo diretto, mi serve l'estratto di anisetta con modi molto cordiali, scambiando con me qualche battuta sulle imminenti elezioni politiche: una conversazione breve, la nostra, ma tutt'altro che scontata.

Quando resto solo, all'inizio colgo brani delle discussioni degli altri avventori ma ben presto finisco per estraniarmi e immergermi nei miei pensieri.

Sono a Genova per la presentazione di un libro, *Diario di una coppia di scambisti,* di Filomena Marangolo, una delle punte di diamante della letteratura erotica italiana al femminile.

Ad attrarmi è stato il ricordo di certe fantasie scaturite nella mia mente in certe notti australiane passate a leggere alcuni dei lavori precedentemente pubblicati dalla scrittrice bolognese. A spingermi poi a interrompere le recenti scorribande ponentine, oltre alla naturale anche se spesso inconfessata attrazione che in genere l'erotismo esercita, è stato un breve e conciso sommario del diario-romanzo in questione, propostomi da un'amica che ho in comune con l'autrice.

Lucilla Gattarelli, che ha già letto il libro perché stasera lo deve presentare al pubblico, giorni fa mi diceva che tra le pagine ha colto una visione disincantata, seppure a tratti poetica, della pratica dello scambio sessuale del partner.

Uno scambio che non è più solamente una mera ricerca di emozioni forti, di orgasmi di un'intensità a volte ormai quasi dimenticata, di una voluta contrapposizione alle morali predeterminate. Un'esperienza che viene proposta anche come strumento di ricerca interiore, come ineluttabile presa di coscienza. Una sfida a eliminare quelle pulsioni deleterie e distruttive - prima fra tutte la possessività - che nulla hanno da spartire con l'amore e con le quali la coppia generalmente si confronta una volta che l'idillio chimerico dell'innamoramento è superato e la realtà torna a mostrarsi in tutta la sua ovvietà.

A quel punto c'è chi, e sono parecchi, scivola lentamente in una quotidiana abitudine che sa di rimpianto; c'è chi si consola dalla delusione singolarmente e di nascosto e c'è infine chi invece il fosso decide di saltarlo mano nella mano, apertamente, confrontandosi con le proprie debolezze, i dubbi, i timori e tenta così di riavviare una dinamica di coppia ormai quasi del tutto esaurita, di ricostruire, se mai c'era stata in precedenza, una complicità.

Ce n'era abbastanza per sorprendersi, per porsi parecchie domande, per incuriosirsi, in una sera di inizio febbraio.

*** *** ***

Dopo aver salutato Lucilla, quella stessa notte sono ritornato in Riviera e mi sono rifugiato sui comodi divanetti del *Menestrello*: un po' di musica, pensavo, e un paio di gintonic per rilassarmi e sentir scemare la tensione che certe ipotesi, con i dubbi e le paure che si portano dietro, mi facevano montare dentro.

Il locale era popolato, l'atmosfera ridanciana, la musica, dal vivo, gradevole: un misto di revival italiano e *cover* anglo-statunitensi. A un certo punto ho avuto l'impressione che qualcuno mi stesse osservando: ho approfittato di una pausa nella conversazione con

Chicco, il barman, per appoggiare il bicchiere e voltarmi con lentezza verso la sala per iniziare il mio giro visivo di perlustrazione.

Qualcuno ballava, qualcuno parlava sorseggiando una birra, qualcuno flirtava, qualcuno era già avanti con le avances.

Seduti al tavolino d'angolo un uomo e una donna parlavano fitto fitto, le bocche a pochi centimetri di distanza, le dita intrecciate, gli occhi dell'uno persi in quelli dell'altra. Vicino a loro sedeva una coppia di loro amici: le due ragazze ogni tanto scambiavano qualche parola e sorridevano. L'altro uomo era invece intento a tessere a distanza, ricambiato, una tela composta di fili di desiderio con una tipa in minigonna che esibiva movenze abbastanza esplicite sulla minuscola pista da ballo.

Ho visto la sua donna osservarlo per qualche attimo prima di voltarsi e chinare il capo. Quando ha riaddrizzato il collo, affusolato e ornato da un filo di perle, mi ha piantato gli occhi addosso. Tre, cinque, dieci secondi, abbastanza per convincermi che non mi stavo sbagliando, che ero io l'oggetto della sua curiosità.

Ho mascherato la lusinga accennando a voltarmi di lato, come ad accertarmi che il destinatario dei suoi sguardi non fosse un'altra persona. Lei ha sorriso del mio finto stupore, si è voltata verso la sua amica e le ha detto qualcosa all'orecchio. Anche l'altra mi ha guardato e ha poi scambiato un sorriso con la sua amica.

Ci siamo, ho pensato, mentre avvertivo con nettezza, con un forzato ma falso distacco emotivo e non senza una certa euforia, il vortice chimico che la serotonina iniziava a produrre in me.

Così anche noi abbiamo iniziato a tessere la nostra tela, la nostra bella tela fatta di sguardi rubati, di sorrisi accennati, di desideri inespressi e, nel suo caso, di pulsioni di vendetta. Sapevo che non si sarebbe spinta fino ad accettare, ma per puro scrupolo cavalleresco ho mimato il gesto di sorseggiare qualcosa per invitarla al bar e offrirle un drink.

Lei infatti ha scosso impercettibilmente la testa e ha accennato al suo accompagnatore che intanto, ignaro, continuava a divorare con gli occhi, centimetro dopo centimetro, la pelle della ballerina scosciata.

È rimasta ancora per parecchio tempo a osservarlo alternando quegli sguardi a quelli che di sottecchi lanciava a me; sguardi che esprimevano un misto di disappunto e di imbarazzo. A un tratto però, qualcosa è scattato in lei: si è alzata, ha preso la borsetta e dopo avermi lanciato un'occhiata che non lasciava spazio a dubbi, si è diretta verso i bagni.

Ho contato lentamente fino a venti e poi, con falsa noncuranza, mi sono avviato anch'io verso il retro del locale accertandomi con un'ultima occhiata che l'uomo fosse sempre piacevolmente distratto.

Sono entrato: le due toilette, *Mesdames* e *Monsieurs*, si affacciavano entrambe in un'anticamera dove due lavabi, ragionevolmente puliti, i portasapone, le salviette di carta, due poltroncine e il posacenere a stelo arredavano l'ambiente.

Il bagno degli uomini era libero, lei non si vedeva: era nell'altro. Quando ho sentito la chiave girare nella toppa le mie pulsazioni cardiache sono aumentate sensibilmente: ho respirato a fondo e ho atteso pazientemente che la porta fosse aperta quasi completamente, che lei mi vedesse e che mi rivolgesse un pur minimo cenno di condiscendenza. Ricevutolo, ho varcato anch'io quella porta e l'ho richiusa dietro di me con un giro di chiave.

Nessuna parola tra di noi: era, il nostro, un richiamo ancestrale, una follia di libidine, un vortice inarrestabile.

Ci siamo baciati come se dovessimo strapparci le labbra a vicenda, come a voler imprimere nelle nostri menti in maniera indelebile il gusto della nostra pelle. Il respiro si è fatto corto, i gesti più frenetici e le nostre mani ben presto sono corse a esplorare i nostri corpi.

Poi improvvisamente, spaventati dal rumore della porta dell'altra toilette che si chiudeva, ci siamo bloccati. Dopo qualche istante di indecisione ho provato un nuovo approccio, ma ho capito che ormai l'incantesimo era spezzato.

Mi ha dato un ultimo lieve bacio sulle labbra, ha preso una penna dalla sua borsetta e ha scarabocchiato qualcosa su un foglietto che ha ripiegato e infilato nel mio taschino.

Poi, riaperta la porta, mi ha spinto con dolce fermezza fuori da quel rifugio di complicità ed è tornata in sala.

Ho aspettato pazientemente per qualche minuto prima di raggiungere nuovamente Chicco che, dal canto suo, rendendosi conto del tutto, mi sorrideva complice.

Ho pagato la mia consumazione e sono uscito nella notte fredda e stellata. La spiaggia era lì a quattro passi: ho raggiunto la battigia e ho alzato lo sguardo ad ammirare quello scintillio.

Una ridda di emozioni mi ha assalito e nella mia mente ha preso a scorrere una sequenza di immagini che dall'episodio che era appena accaduto e dall'espressione sensuale della giovane donna con cui avevo appena condiviso quell'intimità, mi riportavano alle parole dell'amica giornalista, a quel libro, a quelle motivazioni urticanti e infine a quell'inconfondibile e irresistibile espressione di acceso languore con cui Mev, la mia compagna di vita, sapeva comunicare il suo desiderio e l'aspettativa che esso fosse soddisfatto.

Mi sono seduto sulla sabbia e ho acceso una sigaretta: l'idea di vederla flirtare con qualcuno, di capire come può diventare forte il desiderio di riaffermare la propria femminilità - che forse io non sapevo più apprezzare come invece avrei dovuto - mi procurava malessere. Era uno spasmo che mi stringeva forte lo stomaco anche solo immaginare la sua voglia di trasgressione, il suo desiderio di sentirsi di nuovo bella, desiderata, tutt'altro che scontata come avventura sessuale.

Però, mezz'ora prima, dov'erano queste angosce? In una situazione un tantino più elegante e un po' meno rischiosa, non credo che avrei avuto remore nel dare seguito a quei primi baci.

Infatti il sottile senso di angoscia che provavo all'ipotizzare la mia donna tra le braccia di un altro, non bastava a cancellare completamente quel senso di freschezza, di effervescenza fisica e mentale, di eccitazione che avevo provato poco prima.

Ed era altrettanto innegabile, per quanto inaspettata, anche quella sottile e forse subdola, ma incredibilmente reale eccitazione che il pensare Mev eccitarsi alle carezze di un altro uomo mi procurava.

Le tentazioni si materializzano inaspettate, pensavo, e generano pulsioni difficili da regimentare: quello che era successo poco fa ne era la prova. Ignorarle? Cedere alla loro lusinga?

La rinuncia ideologica, sistematica, a cogliere i messaggi che il nostro corpo ci invia, lascia sovente strascichi di rimpianto e a volte di rancore verso noi stessi e verso gli altri. Ma quando poi si cede al loro richiamo ci si può trovare, come me quella notte, con il culo nella sabbia umida, a chiedersi se non sarebbe stato meglio fare finta di niente.

A domandarsi un po' ingenuamente - me ne rendevo conto - se fosse il caso di confessarle al proprio partner oppure se era meglio tenerle nascoste.

Perché confessare l'attrazione che capita di provare per altre persone significa rimettere in discussione le basi della relazione; significa dover mettere in conto la perdita di fiducia, la gelosia, i sensi di colpa. Significa porsi di fronte a due alternative: la fine della relazione oppure la capacità di ritrovare, nudi alla mèta, un sentimento puro, sincero, mondato dall'usuale gravame che il senso di possesso genera nella coppia tipo.

Ho estratto dal taschino il foglietto ripiegato, ho inforcato le lenti e con l'aiuto della fiammella dell'accendino ho sbirciato velocemente: mi ha attratto subito quel nome, Belinda. Uno svolazzo d'inchiostro ben impresso sulla carta e una serie di numeri che ai miei occhi, ancora eccitati dalla suggestione di ciò che era accaduto prima, parevano una serie di semicrome di una melodia di Veloso.

È lì che ho deciso che sarei andato alla presentazione del libro della Marangolo: sarei andato a curiosare, a sondare opinioni, a scavare un po' di più dentro di me, a mettere sulla bilancia i pro e i contro, la tesi e l'antitesi, la perdizione o la redenzione alla ricerca di una sintesi, di una via di mezzo, di un compromesso tra l'istinto e le moralità consolidate.

*** *** ***

Entro alla libreria FNAC quando manca ancora mezz'ora alla presentazione.

Per ingannare l'attesa gironzolo tra gli scaffali e infine scelgo un paio di romanzi di Simenon per un regalo. Poi scendo al piano sottostante e trovo un cd di Van Morrison che cercavo da tempo. Copie dell'ultimo lavoro dell'Anais Nin emiliano-rivierasca sono esposte ovunque: decido di comprarne una e magari, più tardi, farmela firmare dall'autrice. Metto nel borsone gli *Scambisti* a far compagnia al commissario Maigret e mi avvicino alla saletta dove tra poco più di un quarto d'ora presenteranno il libro. Saranno forse le anisette sorseggiate al baretto, tre forse quattro non ricordo, ma sento un certo malessere mentale crescere in me.

Quel senso di disagio che provavo l'altra notte in spiaggia all'idea di condividere i favori della mia partner con qualcun'altro, pian piano riaffiora, ma dell'eccitazione provata all'idea, stasera non c'è nessuna traccia. Come conseguenza, il fatto che a certi istinti puramente fisici si cerchi di dare, come penso faranno in questa occasione, delle giustificazioni intellettuali, mi infastidisce.

Per fortuna c'è anche lì un bar: ordino un altro Ricard e lo butto giù d'un fiato.

Mi muovo per raggiungere le poltroncine di plastica ma un tipo che è lì a due passi mi rivolge la parola rammentandomi i bei tempi andati, le riunioni pomeridiane di un circolo anarchico a Ventimiglia, in una palestra dove di sera la gente andava a emulare Bruce Lee. Cerco di sganciarmi ma lui mi trattiene offrendo un giro: beviamo, lui un vino io il solito, l'ennesimo pastis.

Insiste, ha una memoria di ferro, si ricorda anche della

ragazza con cui flirtavo a quei tempi. Sono passati più di trent'anni, io ricordo vagamente fragranze di patchouli, antiquariato spagnolo e petting avanzato, ma fingo di essermi scordato di tutto e di tutti.

È perché non lo reggo, non reggo nessuno, quasi non reggo più neanche me stesso: sono ubriaco, preferirei restare solo con i miei pensieri, cercare di scacciare quel malessere mentale per predispormi all'ascolto di ciò che sentirò con animo sereno, senza preconcetti e senza falsi moralismi.

Ci sediamo e dopo qualche minuto la Gattarelli e la Marangolo entrano e si siedono al tavolo dei relatori.

La giornalista rielabora più compiutamente per il pubblico in sala i concetti a me anticipati qualche giorno prima, arricchendoli di disquisizioni linguistiche e letterarie nonché di diversioni psicologiche che scaturiscono dall'analisi degli stati d'animo dei due protagonisti del romanzo. Poi tocca alla scrittrice.

Via via che il discorso si dipana, quel mio tarlo rode sempre più voracemente, la testa inizia a girarmi, ho un po' di nausea e mio malgrado sento che l'irritazione provata prima monta come una marea oceanica.

Ma chi me lo fa fare? Perché rimettere tutto in discussione, perché struggersi in questo modo?

Ma i pruriti dei due protagonisti volteggiano sulla mia testa come fossero piccoli satiri alati, paffutelli e ammiccanti, che sorridono sarcastici alle mie perplessità.

Le diversioni intimiste dei due scambisti raccontano i miei stati d'animo e le morali di matrice cattolica, così ben radicate in me, vanno a cozzare violentemente contro i miei desideri inconfessati.

L'ansia deve aver rotto gli argini perché a un certo punto realizzo che pungolato dalle emozioni contrastanti e reso audace dall'alcool potrei essere tentato di intervenire.

Ma intervenire per dire cosa? Se proprio volessi farlo dovrei comunque aspettare la fine dell'intervento della Marangolo e quando il pubblico viene invitato a partecipare alla discussione, dire la mia.

Non potrei parlare del libro dal punto di vista letterario, questo no, visto che non l'ho ancora letto. Dovrei intervenire sulla base delle cose che Lucilla mi ha raccontato, delle sensazioni contrastanti che sto vivendo stasera, delle mie considerazioni personali. Oppure potrei fare un intervento incentrato sulla mia esperienza, sul mio rapporto con Mev, sulla mia scappatella dell'altra sera al *Menestrello*, sulla mia decisione, da pusillanime se vogliamo, di ignorare certe sollecitazioni. Oppure potrei nuovamente rimettere tutto in discussione confessando in tutta onestà alla scrittrice che dal primo momento che l'ho vista, mezz'ora fa, non faccio che fantasticare di un qualche sortilegio dionisiaco, di un qualche venticello malandrino che le sfili via quella blusa di seta a fiori e quel tubino aderente così che io possa poi ammirarla, e concupirla, mentre si rivolge al pubblico indossando solo la sua *parùre* di intimo d'alta classe.

Anice, nettare afrodisiaco, bevanda del demonio: ma cosa vado fantasticando? A parte lo sdegno giustificato della Marangolo, per cui sono un perfetto sconosciuto, dovrei mettere in conto la fine dell'amicizia con Lucilla. Non ci sono scuse: non si fanno certe partacce agli amici.

Mi alzo, prendo il borsone da terra e con tutta la discrezione possibile, considerando il mio precario equilibrio, mi allontano velocemente.

Un *GOTTO* DI BEAUJOLAIS

O DELLA SCHIZOFRENIA DEL MIGRANTE

1

Oramai fumarsi una sigaretta è diventato un reato da codice penale. Prima si poteva fumare ovunque ed era uno schifo; poi hanno messo il divieto di fumare nei locali pubblici e quella, secondo me, era la giusta sintesi tra pro e contro.

Adesso per accendere la sigaretta bisogna essere ad almeno quattro metri da un *"qualunque edificio aperto al pubblico"* recita il decreto. Il che significa che può capitarti di dover camminare per un isolato prima di poter accendere la "bionda".

Quando finalmente hai trovato il luogo adatto, giri la rotella del bic, accosti la fiammella alla punta della sigaretta e aspiri profondamente, con evidente soddisfazione, ché a quel punto ne hai proprio voglia di accenderla.

In quel preciso istante passa una vecchietta, si ferma per un attimo, ti guarda con una espressione disgustata e incurante del fatto che sta inalando a pieni polmoni lo scarico di auto, moto, camion, autobus e furgoni, scuote il capo incredula di fronte a tanta stupidità e poi prosegue.

E lì...la voglia t'è già passata!

Quindi, in breve, per non infastidire nessuno - e per non sentirmi come un imbecille di fronte all'espressione infastidita delle vecchiette igieniste - fumo solo in privato.

In questo momento infatti, non do fastidio a nessuno: sono solo, nel mio studio, accanto alla finestra spalancata sul giardino e

143

fumo mentre aspetto il prossimo paziente.

Mi chiamo Arthur Calvini e sì, sono medico: psicanalista. Dice: come, sei medico e fumi? Non lo sai che fa male? Sì che lo so! Ma godo ad accendermene una, mi piace: tre, quattro volte al giorno, non di più, con immenso piacere.

Credetemi: ammazzano di più le rinunce forzate che non i piaceri, se goduti con moderazione.

Dunque, sono quasi le sette e tra dieci minuti Mandy farà passare l'ultimo paziente della giornata.

Vediamo chi viene: ecco qui, uno nuovo, un certo Panizzi. Allora: questo è stato fatto, questo va bene, il modulo è a posto, le coordinate bancarie ci sono, tutto in ordine. Cosa vuole Panizzi? Ahh...ecco, è italiano prima generazione e si sente disadattato.

Suona l'interfono:

- Dica Mandy.

- Professore, il signor Panizzi è arrivato. È un po' in anticipo: lo faccio passare?

- Mi dia un minuto, sto finendo di leggere le carte.

- Non abbiamo altri pazienti per oggi, professore. Dopo che il signor Panizzi si è accomodato posso andare?

- Vada pure Mandy, grazie. Ci vediamo domani pomeriggio alle tre. Buona serata.

- A lei professore, a domani.

Esco in giardino, spengo accuratamente il mozzicone e lo getto nel posacenere. Rientro, mi risciacquo le mani e ho giusto il tempo di nebulizzare del deodorante al sandalo, riappoggiare la cartella clinica sulla scrivania e stringere il nodo della cravatta che sento bussare alla porta:

- *Come in.*

- *Good evening, doctor.*

Sono nato e cresciuto qui ma con l'italiano mio padre non sentiva ragioni e ho imparato a parlarlo abbastanza bene. Decido di impressionare Panizzi favorevolmente:

- Buonasera, si accomodi Panizzi. Dunque, ecco, Beppe. Allora Beppe, ha avuto una buona giornata?

Sorride alla sorpresa, ma è un sorriso spento, non proprio incoraggiante:

- Sono contento che parliamo in italiano, così posso esprimermi meglio. Come è andata la giornata? Non mi lamento, cioè...guardi dottore lasciamo perdere.

- E no Beppe caro: se cominciamo a lasciar perdere, mi scusi, allora cosa è venuto a fare? Se ha pensato di rivolgersi a un analista e poi vuole lasciar perdere come posso poi io esserle utile?

- 'nso mica se mi sarà utile, sa? Ma le ho provate tutte, provo anche lo strizzacervelli.

E no, cazzo! Vent'anni di studio; poi altri due per l'iscrizione all'albo - da quel pallone gonfiato che mi trattava come uno zerbino - e poi venti di onorata carriera per farmi dare dello strizzacervelli dal primo venuto?

- Senta, meglio essere subito chiari: se lei pensa che queste sedute le saranno d'aiuto, resti pure, altrimenti guardi, qui c'è la sua documentazione, lei non mi deve niente e siamo amici come prima.

Prima emette una specie di grugnito, poi bestemmia e infine sbatte il palmo della mano sul bracciolo della poltroncina.

Poi china il capo, si copre il viso con le mani e le sue spalle prendono a essere scosse da singulti: sta piangendo.

Nervi a pezzi il Panizzi, cominciamo male. Ha una trentina d'anni o poco più. Un metro e ottanta direi, dinoccolato, veste *casual* ma con un certo gusto. Ha i capelli castani chiari, corti, scriminatura a destra; gli occhi scuri e lo sguardo carico, espressivo; il naso leggermente aquilino, le labbra piene, il mento volitivo. Ha le mani che sembrano due badili e le unghie sono chiaramente rosicchiate.

- Riproviamo, va bene? Beppe, diamine, mi guardi.

- Ma non vedi in che condizioni sono, che scoppio a piangere per una cazzata?

Siamo passati al "tu": per carità, mica mi formalizzo, ma mi metto sul chi vive.

- Lo vedo, lo vedo; ma vogliamo cercare di capire il motivo o sei venuto solo per regalarmi i tuoi dollari?
- Me ne fotto dei dollari, dottore, sto male, la vuoi capire o no?

Ha preso un tono quasi aggressivo e la cosa non mi piace più:

- Giovanotto, usa un altro tono.
- Ho dei problemi, va bene, e non riesco a risolverli da solo, non so con chi parlarne, ecco perché sono qui. Punto. Già essere qui nello studio mi fa sentire a disagio, mi fa incazzare.

Ha quasi gridato e questo non lo posso accettare:

- Alt! Non sono disposto a farmi urlare in faccia dal primo venuto. Per favore esci dal mio studio. Quando si comincia così male è meglio troncare subito. Evidentemente non sono la persona giusta per te. Mi dispiace ma non posso aiutarti.

Nei suoi occhi passa un lampo di frustrazione, di rabbia repressa:

- Eccolo qua il luminare della scienza, tutti uguali loro: appena uno va un po' fuori dal loro seminato, ecco che lo mollano col culo per terra.

Sta urlando ora.

- Esci subito di qui.
- Ma vaffanculo va, dottore del cazzo...
- Fuori...o chiamo la *security* del palazzo.

Se ne va sbattendo la porta e io scivolo nella poltrona sensibilmente più stanco di prima.

Inaspettatamente, al suo viso stravolto dalla rabbia e dalla frustrazione si sovrappone quello levantino di mio padre, segnato dalle rughe e bruciato dal sole.

- Bella proiezione - penso con *expertise* professionale di fronte al suo ghigno sarcastico:

- *Ne vogliamo riparlare, dottore?* - mi domanda lui sarcasticamente.

Rivedo Panizzi chinare il capo, singhiozzare silenziosamente e ripenso al mio vecchio, a quello che diceva, alle sue improvvise collere, alle sue malinconie che duravano giorni e giorni.

Sì però ci sono modi e modi. Il chiamarsi per nome al limite lo accetto, può aiutare il paziente a mettersi a suo agio. Ho concesso anche il darsi del tu, che la maggior parte dei miei colleghi non l'avrebbe permesso e l'avrebbe buttato fuori subito. Se poi uno si mette anche a urlare...

Metto i documenti sulla scrivania della mia assistente e lascio una nota:

"Rispedire a Panizzi, urgente! IMPORTANTE: informare la banca di non accettare eventuali suoi bonifici. Grazie."

Mandy sa cosa questo messaggio significa: nessun ulteriore appuntamento per Panizzi.

Slaccio la cravatta e metto la testa sotto l'acqua fredda: ho bisogno di rinfrescarmi la cervice.

Mi ricompongo, indosso l'impermeabile ed esco.

Non ho impegni con Matilda stasera, è fuori con le amiche. Un aperitivo con un piatto di formaggi al *Cormoran* e poi a casa: mezz'ora di Coltrane, un sorso di cognac e poi sotto le coperte.

Domani mi aspetta una giornata pesante: ho un'udienza in tribunale, un tipo che si sta giocando la carta dell'incapacità di intendere e di volere ma che secondo me, intende e vuole. Un furbetto molto pericoloso che interpreta il ruolo del tipo "alternativo esoterico" e che in quanto tale vorrebbe far credere al giudice che ha visto e udito Gaki, un demone della mitologia giapponese, che gli ordinava di accoppare e fare a pezzi la moglie usando la katana che teneva in una teca in salotto. E lui, di fronte a un ordine di Gaki, non ha potuto far altro che obbedire.

Dopo un finale di giornata del genere per rilassarmi devo staccare totalmente la spina.

Entro al *Cormoran*, saluto Derek, ordino un Beaujolais con un assaggio di *fromagerie* e vado a piazzarmi davanti al televisore dove a quest'ora c'è una selezione delle partite della Champions League europea. E questo, il pallone in tivú voglio dire, in un bar di Melbourne all'ora dell'aperitivo serale, è una cosa tutt'altro che scontata.

Il bar, che ha un distinto *flair* europeo, a quest'ora è sempre abbastanza affollato dal popolo degli uffici della city, gente che come me, sciama fuori dalle torri di vetro e acciaio alla ricerca di un'ora di relax e di chiacchiere leggere.

Sono seduto da non più di dieci minuti e la mia attenzione è interamente assorbita dai goal di Milito, Ribery e Fernando Torres alternati al gusto di un ottimo maroilles di Lille, quando sento un picchiettio sulla spalla.

Mi volto, il mio viso atteggiato a curiosità, sì, ma anche a una punta di fastidio e chi mi trovo davanti? Sì, proprio lui: Panizzi.

Ha un'espressione da cane bastonato ma mi guarda fisso negli occhi e mi sta tendendo la mano:

- Mi scusi, dottor Calvini, non dovevo, sono seriamente mortificato, la prego accetti le mie scuse, poi le tolgo il disturbo.

È sincero, si vede che è sincero:

- Va bene Panizzi, accetto le tue scuse.

- Grazie dottore. Mi scusi ancora per tutto questo casino. Buonasera.

- Buonasera - rispondo d'istinto ma poi mentre lo guardo allontanarsi, il viso abbronzato e irridente del mio genitore fa nuovamente capolino e silenziosamente mi domanda:

- *E tu saresti quello pronto ad aiutare chiunque, anche gratuitamente? Che poi, nota bene, è italiano come me, ha dei problemi, ha bisogno di una mano per uscirne. Quando eri all'università, a mie spese, venivi a casa e ti sbracavi "io di qua, io di là" dicevi sempre che i miei soldi erano ben spesi, che volevi capire i miei problemi, che tu avresti trovato una spiegazione: eccoli qua i miei problemi, e allora?*

- Ok, ok , va bene - lo interrompo mentalmente - *basta che non t'incazzi...*

- Panizzi...Panizzi...Beppeeee...- quasi urlo per attirare la sua attenzione, ché c'è gente, confusione, chiacchiericcio allegro e rumoroso.

Si volta e mi guarda con uno sguardo interrogativo. Indico la sedia accanto a me, lo sto invitando.

Lui fa cenno a se stesso con un'espressione sbigottita, io confermo con un cenno del capo. Ritorna sui suoi passi, scosta la seggiola, si mette seduto e mi guarda interrogativamente.

- Cosa bevi? - gli domando.

Sono un tantino in imbarazzo, e credo si noti; però considero che siamo pari: lui mi ha mandato a quel paese e io l'ho cacciato, lui si è scusato e io l'ho invitato al mio tavolo.

- Cos'è? - mi chiede facendo un cenno verso il mio calice.

- Beaujolais dell'anno scorso, Côte de Brouilly, sopra Lione: non male.

- Però, un gotto di Beaujolais? Va bene, ma il prossimo giro è il mio.

Sorrido e faccio segno a Derek. Arriva subito con un altro calice, un piattino e le posate per l'*apetizer* del mio ospite.

Lui solleva il bicchiere proponendo un brindisi e mi guarda fisso:

- Grazie. Che lei abbia accettato...

- Ma non ci davamo del tu?

Sorride:

- Già il fatto che hai accettato le mie scuse sarebbe stato più che sufficiente; ora mi inviti anche al tuo tavolo: lo considero un onore.

- Bravo, suoni bene il violino - lo sfotto io - ma non ringraziare me, devi tutto a mio padre.

- A tuo padre? Il signor Calvini? Dov'è, gli offro volentieri un *gotto*, con un cognome così apprezzerà sicuramente.

- Infatti, avrebbe sicuramente apprezzato, ma purtroppo non è più di questo mondo.

Ridiventa serio immediatamente:

- Scusa, non volevo essere irriverente.

- Nessun problema, ci mancherebbe, non potevi sapere. Era un dipendente savonese della Lloyd Triestino, lavorava sulla *Guglielmo Marconi*; a forza di portare giovani fanciulle che emigravano con le rispettive famiglie in Australia, finì con l'innamorarsi di una di loro, mia madre, e in Australia ci si stabilì, nel 1963. Era un bravo ufficiale di macchina, mio papà, ma all'inizio dovette adattarsi a fare quel che gli capitava. Poi però, a forza di sacrifici, riuscì ad aprire un'officina meccanica tutta sua e si sistemò finanziariamente. E si levò anche parecchie soddisfazioni, incluso un figlio laureato, il primo della sua progenie. Eppure ha sempre avuto nostalgia per la sua terra, per quelle spiagge e quelle montagne, per il suo dialetto, per i piatti tipici e sì, anche per i suoi gotti. Dai Beppe, ricominciamo da te adesso, ma in versione rilassata, senza vincoli.

- Davvero? Sapessi quanto ne ho bisogno.

- C'è una saletta nel retro…

- Ma no dai, *sciù megu* - ribatte ridendo - qui c'è rumore, è vero, ma è meno formale, mi sembra di sentirmi più a mio agio.

- Come vuoi. Dunque, riprendiamo dallo strizzacervelli.

- Scusa, io non volevo…

- Scusato. Allora: sì, strizzo i cervelli io. E tu cosa fai?

- Lavoro in un deposito merci, la chiamano logistica adesso: camion, container, dogane, cose così. Ma tuo padre ti chiamava Arthur o Arturo?

- Arturo mi chiamava, come mi chiami tu, ma non divaghiamo, sono io che chiedo le cose.

- Certo, d'accordo - replica sorridendo cerimoniosamente - lo so che sei tu che dirigi, non ti preoccupare, sei tu che hai il *know how* no? Yung, Freud, l'archetipo, l'Es e via discorrendo; sono un *blue collar* ma ogni tanto un libro lo leggo anch'io.

- Di dove sei Beppe?

- Sono di Monterosso, vicino Spezia, un centinaio di chilometri da Savona.

- Caspita, le Cinque Terre! E quando sei arrivato qui dall'Italia?

- Sono qui da quasi quattro anni; ho trentaquattro anni, convivo con una donna. Lei è di qua, cioè è tailandese, ma ha il passaporto australiano.

- Come va la relazione?

- A dirla tutta avrei contato su un maggior sostegno morale da parte di lei. Ma è anche vero che io ho sottovalutato il passo che facevo a venire qui. Comunque, a parte questo, bene direi.

- Il lavoro? Tutto a posto?

- Ho sempre fatto quello, sì, non mi lamento. So come muovermi, pagano bene…

- E allora Beppe, cosa c'è che non va?

- C'è che non riesco a centrarmi, a stabilizzarmi.

- Cioè?

- Non riesco a superare il senso di smarrimento che mi è preso dopo un paio d'anni che sono arrivato. È più di un anno ormai che mi sento come se fluttuassi come un palloncino, come se non avessi radici.

- Per quello hai scritto che ti senti disadattato?

- Sì: un po' qui, un po' là.

- Un po' là…?

- In Italia.

- E così hai pensato: vado lì, tanto quello, cioè io, ascolta la gente di mestiere, gli pago la parcella e vediamo cosa succede, è così?

- No, non esattamente. Ho cercato fino a che non ho trovato

un cognome italiano. Volevo parlare dei miei problemi in italiano con un dottore italiano o di origine italiana.

- Perché?

- Perché penso che il mio malessere sia derivato da…non so come dire…da una questione di doppia cultura, se mi passi l'espressione.

- E hai pensato che una persona nata altrove e che si è integrata qui oppure nata e cresciuta qui ma con un retroterra culturale diverso potesse capire meglio il tuo malessere?

- Esattamente.

E bravo Panizzi: bingo! Sì perché quello che sta dicendo non tira in ballo solo le lune storte di Giobatta Calvini detto Joe, macchinista navale, quando snocciolando cristi, santi e madonne si chiedeva chi glielo avesse fatto fare a trasferirsi in Australia. Qui lo scenario si allarga a suo figlio, cioè a me, e a tutte quelle situazioni, quegli stereotipi, quelle prese in giro, quelle liti, quelle botte prese e date prima che lo stile, la moda, il design, l'Opera, la dieta mediterranea e giù giù fino al *ciao bello*, al cappuccino e agli spaghetti alla bolognese diventassero parte integrante di questa cultura. Prima che l'essere *Italian* non fosse più una cosa di cui vergognarsi, in altre parole.

Faccio fatica a interrompere il flusso dei ricordi, a contenere il magone, ma devo ricondurre la discussione su dei binari un minimo professionali:

- E parlarne con un amico, un parente, la tua donna, qualcuno?

- Non ho amicizie così intime qui in Australia, solo cose abbastanza superficiali, anche tra gli italiani che frequento qui. Io qui sono solo e la famiglia della mia donna è in Tailandia; lei a volte mi ascolta ma a volte dice che sono un piagnone rompiballe e che se avessi passato quello che ha passato lei, che rischiava di finire in un bordello a Bangkok, non farei tutte 'ste storie. E poi il mio inglese è quello che è e spiegare certe cose mi risulta ancora più difficile.

- Come vi siete conosciuti?

- Era in vacanza in Italia, un classico. Siamo stati un paio d'anni a Monterosso e quando è nata la bambina abbiamo deciso di venire qui.

- Ah...sei padre, complimenti. Quindi ricapitolando e tutto considerando, come valuti la tua decisione di emigrare?

- Tutto sommato positivamente ma...

- Ma...

- Ehh...te l'ho detto, c'è 'sto senso di essere e non essere.

- Da un paio d'anni hai detto. Ma subito com'era?

- Subito era tutto nuovo, tutto interessante. Poi, come dicevo, vengo da Monterosso, un paesino. Sì che lavoravo all'arsenale a Spezia, ma non è che Spezia sia chissà che, intendiamoci. Qui è una metropoli.

- E poi Beppe, cosa succede? Quanto dura l'idillio, se vogliamo chiamarlo così.

- Sì, idillio rende l'idea. Quanto dura? Te l'ho detto dai, un paio d'anni, magari per altri è diverso...ne berresti un altro - mi chiede sorridendo.

- Andiamoci piano, sai, ché sono in servizio - e lo guardo da sopra le lenti atteggiandomi a professorone e provocando la sua ilarità.

Altro giro di Beaujolais, assaggio di salumi umbri questa volta, e riprendiamo "la seduta".

- Poi, tutto di colpo qualcosa cambia?

- No, non tutto di colpo, un po' alla volta. E poi non è che cambia, non è che il buono che c'era prima di colpo scompare. È come se a questa realtà reale pian piano se ne sovrapponesse una virtuale, una che è solo nella tua testa. Anzi più che di sovrapposizione dovrei parlare di realtà parallele ed è come se...

- Come se?

- ...come se le carte si fossero mischiate, adesso, e la nostalgia facesse da specchio deformante.

- Fammi capire.

- Significa che dopo qualche tempo il senso di mancanza si fa più forte e più frequente e uno comincia a fare paragoni, a fare confronti.

- E cosa succede, allora?

- Succede che cominci a rifiutare la nuova cultura mentre avevi già avviato un processo mentale per integrarti, per accettarla. E in fondo continui a farlo, devi continuare a farlo perché, *belin*, ci devi pur vivere lì, in quel posto.

Ho sorriso a quel suo "intercalare" e l'immagine di Joe Calvini, l'ufficiale di macchina, è di nuovo balenata nella mia mente.

- Capisci Arturo? Paragoni la cultura del Paese che ti ospita e quella tua originaria e finisce che a volte pensi di non fare più parte né di una né dell'altra.

Alla mia mente ritornano frammenti di certi discorsi che il vecchio mi faceva, quando mi parlava dei suoi posti; quando mi diceva che era impossibile per lui non fare confronti; quando mi raccontava delle innumerevoli volte che si era domandato che cosa ci stava a fare lì, ma poi aveva ripensato al paesotto vicino a Cairo Montenotte, alle prospettive - nulle, praticamente - che il paese gli aveva dato, all'imbarco, agli anni di marina.

- Il casino è che idealizzi - riprende Beppe - magari ieri eri lì e rimpiangevi le occasioni che avevi avuto per cambiare aria e che non avevi preso al volo e oggi piangi malato di nostalgia rimpiangendo i luoghi, le persone, gli affetti seri, le amicizie. Ma anche belinate come un piatto tipico, un bicchiere di Gavi, una partita a pallone, un trancio di focaccia, cose minime, ma improvvisamente diventate importanti, imprescindibili, mi spiego?

Beppe, persona sagace e dotata di sensibilità non comune, sa di aver inchiavardato la mia attenzione a quelle sue considerazioni, a quei suoi desideri innescando la rielaborazione dei ricordi legati a mio padre. È come se decidesse di affondare il colpo quando finalmente afferma:

- Si dondola, un po' di qua e un po' di là, tra la necessità di sopravvivere integrandosi nel nuovo ambiente e il rifiuto di esso dettato dalla convinzione che il luogo in cui siamo nati sia il nostro vero posto. Così finiamo per descriverlo, per identificarlo come "il luogo" per eccellenza. Anche se in fondo, dentro di noi, sappiamo che non lo è mai stato, non lo è e non lo sarà mai.

* * * ** * ** *

- No, no, no...stop - urla nel megafono Libby Lagerboim, il regista - Anthony devi metterci più patimento, più senso di perdita, di sconfitta, hai capito?
- E non mi hanno mica tagliato le palle - sbotta Anthony provocando una risata generale.

Anche Libby, pur compreso nella parte di regista impegnato, non può fare a meno di sorridere:
- Vabbè dai, facciamo la pausa pranzo, quando torniamo la rifacciamo e poi cerchiamo di girare la scena finale.
Generale sospiro di sollievo. Il corpulento direttore si allontana dandoci appuntamento tra due ore qui in questo bar di Carlton, la "little Italy" di Melbourne, che la produzione ha scelto per rendere più veritiere le scene del telefilm che stiamo girando.

Io, il dottor Calvini, nella realtà sono Vince Palmisano e Panizzi, "lo squilibrato", si chiama Anthony Visentin: attori professionisti, studi al N.I.D.A. di Sydney, lunga gavetta, *background* italiano, calabrese io veneto lui, ma cosa lo dico a fare, con due cognomi così. Nati e cresciuti nello stesso quartiere, nella stessa via, con tanti altri italiani. Venuti su a spaghetti al pomodoro, polpette e calci in culo quando sgarravamo.

Perché proprio noi due? Perché ci ha voluti espressamente John Lanteri, lo scrittore, quello famoso, autore di *best sellers*, anche lui di origine italiana. L'uomo della strada compra i suoi libri, va a vedere i film e gli allestimenti teatrali tratti dai suoi lavori, non si perderebbe per niente al mondo un suo intervento televisivo. Insomma, quel che viene comunemente definito un *maître à penser*.

Del resto è lui che ha scritto la novella, è lui che ne ha tratto la sceneggiatura televisiva, è lui che produce il film. E chi lo contraddice quello? È una potenza: tutto quello che tocca diventa oro. Un tipo strano, milionario, chiacchierato, dicono che sia gay; uno di quei personaggi che può permettersi di trasformare ogni suo delirio in un "qualcosa" che fa tendenza. E che dunque vende.

Come questa storia, questo deliro appunto, della doppia appartenenza culturale, del di qui e del di là, della forte nostalgia che sfocia in una patologia psichica di cui stando a lui, soffrirebbero tutti gli immigrati. Ma dove? Ma quando? Ma chi? Credetemi: sono tutte cazzate!

VAL DE GORBIO

1

Immersa nel verde odoroso dei platani, la *Route de Gorbio* si inerpicava dolcemente per la vallata omonima, attraversando il ruscello sottostante su stretti ponti ad arco e seguendo il profilo dei muri in pietra che reggevano le terrazze soprastanti coltivate a fiori e ortaggi.

Oltre le siepi di edera che delimitavano le proprietà e dietro ai cancelli, si intravedevano vialetti di ghiaia ai cui lati gerani e ranuncoli, ciclamini e margherite multicolori davano un tocco impressionista alla scena. Il profumo dei glicini e dei gelsomini arricchiva e caratterizzava ulteriormente quel paesaggio già così decisamente ponentino.

Era l'estate del '67.

Dove la *Route*, lasciatasi alle spalle il centro di Mentone e il mare, attaccava i primi pendii del *Col de la Madone*, alla fine dell'ottocento alcuni nobili russi avevano fatto edificare un albergo, la *Maison Russe*, che servisse a ospitarli quando stanchi dei bagordi parigini e londinesi, scendevano a sud a riposarsi al clima mite della Costa Azzurra.

La *Maison* era poi risultata molto utile ad alcuni degli scampati alle ire bolsceviche della rivoluzione del '17, che vi avevano trovato rifugio e poi, col passare degli anni, pur conservando le sue caratteristiche architettoniche, un edificio liberty, aveva cambiato proprietari e servizio reso per diventare infine una casa di riposo per anziani.

Attorno a essa, col tempo, era sorto un piccolo insediamento che aveva compreso parecchie abitazioni, un bistrot, un negozio di alimentari e una farmacia che faceva affaroni con gli ospiti della *Maison*: in una parola un quartiere.

Con il boom turistico del secondo dopoguerra l'abitato si era poi ingrandito: altri edifici erano sorti nei dintorni e infine, a svettare sul panorama circostante con i suoi cinque piani d'altezza, era stato edificato il *Palacio*, monumento bianco alla *casa al mare*: quindici appartamenti di cui quattordici vuoti per dieci mesi l'anno.

I negozi, il bar, la farmacia e il Palacio erano allineati sul lato orientale della strada mentre su quello opposto si trovavano tutte le altre abitazioni.

Oltrepassata la farmacia, un lungo viale costeggiato da palme si dipartiva dalla *Route* e si inoltrava nel vasto appezzamento incolto alle spalle dei negozi e dell'alto edificio. Qua e là dai rovi carichi di more facevano capolino fichi e sorbi e quasi in fondo al campo, a ridosso del muro in pietra a secco, seminascosta da un grande noce c'era la baracca dei marmi. Il viale terminava di fronte all'ingresso della *Maison*.

Ora è tutto cambiato. Degli antichi angoli, dei giardini nascosti, dei negozi, dei personaggi di un tempo, a eccezione del vecchio Clement Darisi, non resta che il ricordo.

Lui, Clement, la schiena sempre più curva, i capelli bianchi incolti e quella brutta cicatrice al volto rimediata in Algeria, lo puoi trovare nel suo laboratorio polveroso ingombro di ritagli di marmo, intento a incidere a scalpellino il nome di un qualche defunto su di una lapide di bianco di Carrara.

2

Al bistrot, Aristìde Lorman, detto Pepé, e Clement facevano sempre coppia quando all'ora dell'aperitivo serale, davanti ad un piatto di *socca* e ad un *pastis*, sfidavano alla *Belotte* i due predestinati di turno.

Si era ormai creata una leggenda sui due imbattibili giocatori tanto che perfino da Nizza erano venuti a sfidarli: si raccontava che non avessero più pagato un giro di aperitivi addirittura dal '62.

Roger Lavie e Antoine Armellit erano i due che più frequentemente, alla fine della partita a carte, si ritrovavano al banco a pagare il giro. C'era amicizia certo, ma anche quel pizzico di competizione che dava sempre alle sfide quell'imprescindibile briciolo di tensione.

La scena era sempre la stessa: quando Roger e Antoine facevano il loro ingresso nel bistrot, Pepé e Clement erano già seduti a un tavolo e chiacchieravano con finta noncuranza sorseggiando il distillato di anice diluito con acqua.

I due avventori appena entrati si dirigevano al banco e ordinavano la stessa bevanda che facevano correggere, nei giorni particolarmente caldi, con qualche goccia di sciroppo alla menta.

A questo punto tra i quattro, o per meglio dire tra le due coppie rivali, iniziava una schermaglia orale che via via saliva di tono e che tra stroncature, risate e qualche imprecazione smozzicata per via della presenza di madame Laurent, la moglie del gestore, finiva inevitabilmente con la distribuzione delle trentadue carte per iniziare la partita al giuoco marsigliese.

Anche quella sera infatti, i quattro si apprestavano a distribuire il primo giro di carte quando Rinuccia Sansteva, pallida in viso, il fiato corto e l'immancabile grembiule celeste da infermiera, entrò nel locale. Guardandosi attorno per individuare chi stava cercando, mentre le dita di una mano torturavano quelle dell'altra in un eccesso di incontenibile ansia, chiamava con voce viva e molto preoccupata:

- Aristìde, Aristìde...la bambina! Aristìde...

Il fatto che la donna non avesse mai messo piede nel bar e il tono concitato che usava, attirarono l'attenzione generale e parecchie teste si voltarono nella sua direzione.

Incurante della curiosità provocata, lei si avviò con passo

deciso verso il tavolo dove Lorman e Clement si accingevano a sfidare i due rivali.

Dietro di lei caracollavano due ragazzini, il viso sporco rigato di lacrime, i vestiti inzuppati d'acqua e i sandali di plastica slacciati: Max e Marcello, i suoi nipoti.

Giunta al tavolo trafelata, la donna, forse per la presenza rassicurante del suo uomo, Aristìde appunto, perse di colpo la carica nervosa che la sorreggeva e accasciatasi su una sedia scoppiò in lacrime.

L'uomo la sorresse e fece segno a madame Laurent che si avvicinò al tavolo portando con sé un fazzoletto odoroso di lavanda che teneva sempre nello stipo per casi come questo, e tre bicchieri colmi di *grenadine*, la gassosa corretta con sciroppo di amarene.

L'anziana donna e i suoi nipoti prima si dissetarono poi, come a un segnale convenuto, iniziarono tutti e tre insieme a parlare concitatamente.

Dopo qualche secondo durante il quale fece qualche sforzo per capirci qualcosa ma non ci riuscì, l'uomo spazientito picchiò leggermente la palma della mano sul tavolo e ottenne il necessario silenzio.

Si rivolse verso la donna e con un cenno del capo la invitò a parlare.

- La bambina, Aristìde! Era uscita con i ragazzi, ora loro sono tornati e la bambina si è...si è persa. Dio mio Aristìde, come facciamo - e restò in lacrime, senza parole.

Poi fu la volta dei due fratelli: tra non poche contraddizioni, alcuni scambi d'accuse e qualche lacrima, Lorman venne a sapere che dopo pranzo erano andati a giocare al ruscello e che dopo un po' di tempo, forse due ore, Giuliana, la loro sorellina, e la sua amichetta Dominique si erano allontanate per andare a casa di quest'ultima.

Il vecchio allora rivolse nuovamente lo sguardo verso la sua donna e tacitamente le chiese il logico prosieguo di ciò che aveva appena udito.

Rinuccia si volse a lui e sul suo viso incorniciato dai capelli striati di grigio appariva, tra le rughe marcate, il segno di quella prima speranza ormai frustrata e miseramente delusa.

- Dominique, la piccola dei calabresi che abitano al primo piano, è a casa. Dice che hanno giocato con le bambole nel giardino dietro la casa della signora Cisa e sul vialetto di ghiaia di fianco a casa. Poi hanno litigato e lei è tornata a casa lasciando Giuliana lì nel vialetto, sola.

Nel bar scese un pesante silenzio carico di preoccupazione e di timori impronunciabili. Madame Laurent, sedutasi accanto alla donna, cercava di calmarla prospettandole un rapido ritrovamento della piccola sana e salva. Anche lei però, per quanto si fosse sforzata, non era riuscita a trattenere un paio di lacrime.

Lorman si frugò nella tasca del gilet, ne trasse un biglietto da dieci franchi e lo porse ai nipoti:

- Andate a chiamare lo zio Pierre e ditegli che lo aspetto qui. Poi andate da Francine e restate con lei fino a quando io o la nonna non verremo a prendervi. Con i soldi comprate una scatola di formaggini *Petit Suisse*, tre chewingum *Malabar*, quelle con i tatuaggi ad acqua di *Tintin*, e dodici *surie*, i topolini di liquirizia. Tre formaggini, un malabar e quattro surie sono per Giuliana. Capito?

I due ragazzetti assentirono e grati al nonno per l'opportunità che dava loro di defilarsi e di attenuare la forte tensione, sparirono di gran carriera.

Intorno al tavolo intanto, gli avventori del bistrot, quasi tutti abitanti del circondario, avevano una parola di conforto e offrivano la loro disponibilità per la ricerca della bambina.

Non erano ancora trascorsi cinque minuti quando Pierre Lorman, il figlio di Pepé, entrò con un certo impeto nel locale e si diresse a lunghe falcate verso il tavolo:

- Cosa è successo, Maman? - chiese alla donna affranta, con la sua voce baritonale, caratterizzata dall'elegante cadenza acquisita nei lunghi anni di lavoro in giro per i Grand Hotel di tutta Europa.

3

Dopo oltre ventitre anni di vagabondaggio professionale, durante i quali Pierre era diventato uno tra i più ricercati chef del continente, da due anni si era definitivamente fermato a casa. L'occasione l'aveva data l'opportunità di lavorare al *Negresco* di Nizza, uno dei locali più prestigiosi della riviera. I suoi trentanove anni ormai compiuti, avevano fatto il resto, facendolo decidere per una vita un po' più sedentaria e più vicina all'anziano padre e alla sua compagna.

Pierre si rivolgeva abitualmente a Rinuccia chiamandola Maman anche se lei non era sua madre.

Suo padre si era messo con Rinuccia quando lui era un diciassettenne di belle speranze e aveva già fatto le prime esperienze di lavoro come *commis* di sala sulle navi da crociera. Aveva viaggiato molto e nei brevi intervalli di tempo che il suo lavoro gli concedeva, e che trascorreva a Mentone, la donna era sempre stata molto diretta e onesta con lui, parca nelle parole, ma generosa in quell'affetto materno che a lui era venuto a mancare già in giovane età.

Rinuccia era già madre quando aveva conosciuto Aristìde: sua figlia Ornella, che aveva qualche anno meno di Pierre, era il frutto del suo precedente matrimonio, una storia sbagliata alla quale la donna si era sottratta improvvisamente e senza nessun rimorso, rifugiandosi con la ragazza in Costa Azzurra.

Pierre ricordava, non senza una certa dose di ammirazione, quella ragazzina così timida per certi versi, che però sapeva trasformarsi in un pericolosissimo concentrato di aggressività non appena uno dei *garçon* si faceva un po' troppo intraprendente. Esile, slanciata, nel suo vestitino plissettato a fiori, i capelli ondulati castani mossi dal mistrale, Pierre sorrideva ancora adesso ricordandola cosí, mentre teneva a bada quei *vitelloni* transalpini senza difficoltà alcuna, pur conoscendo il francese ancora molto sommariamente.

Poi una volta, al ritorno da uno dei suoi viaggi, Ornella

gli aveva presentato Raul, un giovanotto torinese conosciuto sulla spiaggia di Villefranche sur Mer e Pierre, osservandoli, aveva capito che presto Ornella sarebbe andata a vivere nel capoluogo piemontese. I due giovani infatti si erano presto sposati con la benedizione di Rinuccia e della famiglia di lui che, felice combinazione, era di origine ungherese proprio come Lorman. Il quale, dal canto suo, pur non intervenendo direttamente nelle decisioni della figliastra - Rinuccia l'avrebbe presa a male, pensava - approvava tacitamente l'unione perché vedeva che Raul era un tipo serio, con un lavoro sicuro, perché i due erano innamorati e ben assortiti e poi perché il giovanotto..."*putain, il est Hongrois comme moi*", soleva dire.

Era la primavera del '52.

A distanza di tre anni uno dall'altro, dal '54 al '60, erano nati i tre figli: Max, Marcello e la piccola Giuliana.

E naturalmente i bambini erano cresciuti con l'abitudine di trascorrere i tre mesi estivi a Mentone. Scendevano accompagnati dalla madre, alla fine di giugno, dopo la chiusura delle scuole. Il treno Torino-Cuneo-Ventimiglia, lasciava la stazione di Porta Nuova e dopo aver attraversato la parte pianeggiante della *pruvincia granda* ed essersi lasciato alle spalle Borgo San Dalmazzo si arrampicava a Limone. Poi pian piano ridiscendeva oltrepassando Tenda, Briga e Breil-sur-Roya, attraversando paurosi strapiombi su ponti metallici risalenti alla prima Grande Guerra e seguendo un tracciato irto di curve e trafori scavati nella roccia.

Infine, al termine dell'ennesima galleria, improvvisamente appariva la foce del Roya con la pianura a levante e la *pigna* di Ventimiglia Alta a ponente, abbarbicata sulle prime falde della colla prospiciente il mare. A Ventimiglia scendevano e camminavano attraverso la dogana dove mostravano i documenti d'identità e, se richiesto, il contenuto della loro valigia a un poliziotto italiano e a un uomo della *Gendarmerie*. Poi prendevano la coincidenza per Nizza e in meno di mezz'ora erano a Mentone dove Pepé li aspettava alla stazione con una vecchia *Deux Chevaux* color amaranto, con la *capote* nera arrotolata all'indietro e trattenuta da due cinghiette di cuoio. Dopo aver caricato tutti i bagagli, faceva accomodare Ornella e i bambini e tra le loro urla divertite da tutto quell'ondeggiare che l'auto produceva muovendosi, dirigeva piano verso casa: la Val de Gorbio.

Così la lunga villeggiatura era diventata un appuntamento fisso annuale per i tre bambini e tra una vacanza e l'altra in Costa Azzurra i piccoli stavano crescendo. Ormai Max viveva già i primi filarini, Marcello era sempre impegnato in sfide al calcio balilla o a biliardo e Giuliana era sempre occupata con le amichette e con i giochi interrotti alla fine della precedente estate. E poi i nonni continuavano a essere disposti ad assecondare le loro stravaganze e i loro capricci da bambini più di quanto non lo fossero durante l'anno i genitori. Un ulteriore motivo per far si che la parentesi rivierasca fosse diventata un'appendice irrinunciabile della loro vita.

Ma quel che stava accadendo quel giorno, rischiava di cambiare drasticamente il corso naturale e abitudinario delle cose.

4

Quando Rinuccia ebbe terminato di esporre a Pierre l'accaduto, questi si sedette, offrì agli altri da bere e ordinò per se stesso una birra alla spina. Poi estrasse dal taschino una matita e chiese alla Laurent una pagina di quaderno.

Avuta la carta, bevve un sorso della bevanda fredda e schiumosa e iniziò a tracciare una mappa che raffigurava la zona circostante suddividendola in tre diversi settori.

A Pierre piaceva disegnare: parecchi suoi disegni erano appesi ai muri della sua abitazione, l'unico appartamento abitato tutto l'anno tra i quindici del Palacio e adesso, in quella particolare incombenza, si trovava a suo agio con la matita in mano.

Il settore centrale definiva i contorni del torrente; gli altri due, uno per ogni lato del corso d'acqua, delimitavano da una parte l'abitato e i terrazzamenti prospicienti, dall'altra la zona dei negozi e del bistrot dove ora si trovavano. Lo schizzo includeva la zona che arrivava fino al mare in una direzione e alla *Maison Russe* e oltre le campagne circostanti nell'altra.

La mappa andava arricchendosi di particolari che grazie alla sua perizia l'uomo aggiungeva al disegno affinché il suo piano d'azione, che andava via via sottomettendo agli altri, Rinuccia e suo padre in particolare, risultasse il più chiaro possibile.

Il piano comunque era semplice: si trattava di suddividersi inizialmente in due gruppi: il primo avrebbe perlustrato entrambe le sponde del torrente partendo dal mare, l'altro si sarebbe invece mosso dalle alture prospicienti la Maison Russe spingendosi a valle. Subito, per approfittare delle ore di luce disponibili, prima che facesse scuro. Se quando si fossero ritrovati la ricerca non avesse ancora sortito alcun risultato, avrebbero iniziato a cercare nell'abitato.

- Ma la Gendarmerie - chiese preoccupata Rinuccia.

- Se non troviamo *la pètite* lungo il torrente, *on appelera le flics* - tagliò corto Pierre chiedendo tacitamente con un sguardo il consenso del genitore il quale, altrettanto tacitamente, con un semplice gesto del capo, approvò.

Ben presto i due gruppi, consapevoli di avere solo tre ore di luce, si incamminarono in opposte direzioni. Pierre guidava quello che sarebbe salito verso la collina mentre Aristide e gli uomini che erano con lui si avviarono verso la fermata della corriera che in una decina di minuti li avrebbe depositati sulla *Promenade*.

Un attimo prima di salire sull'automezzo che nel frattempo era sopraggiunto, l'uomo scambiò uno sguardo con la sua anziana compagna e malgrado sentisse l'apprensione crescere dentro di sé a ogni attimo che passava, cercò di assumere una espressione rassicurante e riuscì anche, non senza qualche sforzo, a sorriderle. Rinuccia si rincuorò un poco e dopo aver assicurato la Laurent che sarebbe tornata a casa da sola, si avviò verso il negozio di Francine dove i due nipoti la stavano aspettando.

Il suo rapporto con la Francine era più intimo che non quello con la Laurent e con la maggior parte delle altre donne del quartiere. Forse perché erano coetanee, forse perché la piccola donna dai capelli rossi e dal viso ancora fresco punteggiato di lentiggini, le aveva fin da subito ispirato simpatia, sta di fatto che tra le due *medames* si era immediatamente instaurato un rapporto confidenziale, sebbene questo non fosse stato certamente favorito, almeno all'inizio, dalla scarsa conoscenza reciproca e dal povero uso che Rinuccia faceva, a quei tempi, della lingua francese.

Cosicché non appena la donna entrò nel negozio, alla vista dei due nipoti seduti in un angolo a succhiare liquirizia e reagendo istintivamente all'abbraccio di incoraggiamento che l'amica le elargiva drizzandosi sulla punta dei piedi, scoppiò nuovamente in singhiozzi e raccontò ancora una volta la sua pena.

E Francine, che già le parole di Max e Marcello avevano messa in forte agitazione, non riuscendo più a contenere la tensione, pianse anche lei. E non poté fare a meno, pur sapendo che ne avrebbe procurato ulteriore ansia all'amica, di raccontare ciò che aveva visto. Nel pomeriggio un'automobile, una *Dauphine* celeste diretta al mare, si era fermata sulla strada, a circa cinquanta metri dal negozio. Ne erano scesi due o tre uomini ubriachi che cantando *La vie en rose* a squarciagola, avevano spaccato un paio di bottiglie di birra contro il paracarro in pietra; uno di essi aveva anche orinato. Poi, così repentinamente come erano apparsi, erano partiti precipitosamente facendo stridere le gomme sull'asfalto e allontanandosi velocemente in direzione del centro rivierasco. Francine ricordava di aver visto la bambina giocare lungo il vialetto di ghiaia che finiva sull'ingresso di casa della signora Cisa, prima che l'auto con i balordi si arrestasse. Dopo non l'aveva più vista e questa incertezza la straziava, ma non poté far altro che finire di raccontare i fatti a Rinuccia, non trascurando neanche il minimo dettaglio. L'altra, dal canto suo, continuava a torcersi le dita sempre più spasmodicamente:

- Bisogna avvertire Aristìde, - esclamò - dirgli dell'auto, degli ubriachi. Sì l'auto, la Dauphine celeste - si interruppe con aria interrogativa. Francine capì l'espressione sul viso dell'amica e anticipò la domanda:

- Gerard, il figlio di Maurel, ha una motocicletta, una Morini rossa - esclamò scoprendo una conoscenza insospettata - che in cinque minuti può arrivare sulla promenade. Troverà Aristìde in men che non si dica. Adesso mi affaccio a chiamarlo: tu resta in negozio, io vado a cercarlo e sarò di ritorno prestissimo - concluse cercando di rianimare un po' la povera amica.

La quale però, a causa del racconto di Francine, vedeva assommarsi nuovi timori a quelli precedenti. Rinuccia inoltre faceva il turno di notte alla Maison Russe e alla preoccupazione per la scomparsa della nipote, si aggiungeva quella per i suoi vecchietti, così li chiamava, per assistere i quali avrebbe dovuto trovare una collega che la sostituisse.

Avrebbe chiesto a Pauline, pensava, una delle colleghe del diurno, quella con cui legava di più. Si erano più volte scambiate la cortesia, sostituendosi quando si era trattato di impegni urgenti e inaspettati o di celebrazioni familiari. Sapeva che non avrebbe esitato, soprattutto in quel frangente.

Aveva appena finito di trascrivere su un foglietto di carta il numero di telefono della pescheria di Etienne, il marito della collega, quando un rombo di motore la fece voltare verso la strada. Gerard, il figlio mediano dei Maurel, giubbotto di pelle marrone e foulard rosso al collo, stava sopraggiungendo e si apprestava ad accostare al marciapiede. Sul sellino posteriore stava seduta compostamente Francine, il foulard di cotone stampato a fiori a tenere raccolti i corti capelli rossi, la mano destra a trattenere l'orlo della gonna, quella sinistra ben stretta intorno ai fianchi del centauro e i polpacci ben discosti dalla marmitta cromata e incandescente. Rinuccia uscì dal negozio e istruì il giovanotto su quel che doveva dire al suo uomo e Francine descrisse nei particolari l'automobile e i suoi inebriati occupanti.

Gerard fece cenno di aver ben capito, con un colpetto di tacco verso il basso sulla leva del cambio inserì la marcia e ripartì in direzione della marina. Le due donne rientrarono nella bottega e Rinuccia chiese all'amica di farle usare il telefono per chiedere a Pauline di sostituirla:

- *Hello* Pauline, *c'est moi*...Rinuccia. *J'ai besoin d'un plaisir* - e narrò brevemente i fatti accaduti. Naturalmente Pauline si prestò immediatamente alla sua richiesta. Anche Etienne, ricevuta una breve descrizione della bambina e dell'auto sospetta, uscì dalla pescheria, accese una *Gaulois* e si avviò sul lungomare in direzione della dogana di Ponte S. Luigi per dare un'occhiata in giro.

La luce del sole in quell'ora che precedeva il tramonto si era fatta meno abbagliante e la calura pomeridiana si era leggermente attenuata: Rinuccia diede uno sguardo al Longines da uomo che portava al polso, ricordo di suo padre, e sollecitò i due ragazzini verso casa.

Benché la situazione fosse chiaramente inusuale e i ragazzi ne capissero la gravità, Rinuccia voleva che le consuetudini fossero rispettate: un buon bagno prima e poi per cena la minestrina con l'uovo e un po' di frutta, per stare leggeri. Le serviva anche per cercare di riacquistare quella padronanza di sé che avrebbe aiutato i ragazzi a non sentirsi troppo in colpa e abbandonati a se stessi.

Le due donne si abbracciarono e Francine disse che appena avesse chiuso il negozio sarebbe andata a casa per farle compagnia. Assentendo tacitamente Rinuccia, scortata dai due giovanottini, si incamminò.

Mentre i ragazzi si ripulivano da una giornata di scorribande, la donna preparò loro la frugale cena. Dopo che Max e Marcello ebbero mangiato - lei non toccò cibo ché la tensione nervosa le contraeva lo stomaco - li pregò di ritirarsi nella loro camera e venne subito accontentata senza contestazioni. Poi si sedette alla finestra ad aspettare il ritorno dei due uomini: in alto, i nembi correvano a est mentre la luce del giorno andava scemando lasciando lentamente il posto a una opacità crepuscolare striata dei colori del tramonto.

5

Aristìde salì in sella alla Morini alla cui guida era sopraggiunto Maurel riportando il messaggio di Rinuccia:

- *On ira jusq' au Pont St. Louis et on reviendra* - disse al giovane motociclista e poi rivolgendosi agli altri - *si dans vingt minutes je ne serais pas là, venez me chercher* - e si avviarono sulla promenade verso il confine italo-francese, con il sole alle spalle che tramontava dietro Cap d'Antibes. La maggior parte dei bagnanti stava sfollando dalle spiagge per potersi preparare al meglio alla promettente serata sulla *Rivière* e Aristìde sorrise amaramente pensando al contrasto tra l'allegra aspettativa dei turisti e la sua ansia.

Davanti all'*Oursin* Etienne li vide e fece loro segno di accostare:

- Niente in direzione della *douane*, nessun movimento strano. Ma c'è gente, c'è confusione, una *Dauphine* celeste potrebbe sfuggire alla vista. È meglio se fate un paio di giri con la moto - concluse con modestia.

- *Merci mon copin*, grazie per l'aiuto - ribatté riconoscente Aristìde stringendogli vigorosamente la mano - diamo un'occhiata anche noi, ché in moto si fa presto, poi torniamo all'appuntamento con gli altri, giù al *jeux aux boules* - concluse e diede un colpetto sulla spalla a Maurel per fargli cenno di ripartire.

Non c'era traccia dell'auto, non notarono movimenti strani, da ubriachezza molesta, e tornarono dagli altri per riprendere quanto prima la ricerca della bambina risalendo il corso d'acqua.

Intanto Pierre e gli uomini che erano con lui, accaldati scendevano verso valle perlustrando il sottobosco che si era via via diradato e nei pressi della Maison Russe aveva lasciato posto agli orti e ai sottostanti giardini terrazzati. Erano ormai a ridosso dell'agglomerato di case e non avevano ancora trovato la benché minima traccia di Giuliana.

Quando dal greto del ruscello risalirono sulla strada, videro che Francine, aiutandosi con un lungo manico di legno a cui era fissato un uncino metallico, stava abbassando la pesante saracinesca per chiudere il negozio e Pierre si affrettò ad aiutarla.

- Vado da Rinuccia - disse la donna - è voluta andare a casa ed è sola con i ragazzi.

Laurent, al sentire le voci, era uscito dal bistrot per chiedere notizie ma i visi intorno a lui, sudati e contrariati, non dicevano nulla di buono. Invitò la compagnia per un *panaché* rinfrescante: tutti si avviarono ringraziandolo verso il locale. Pierre invece si incamminò a fianco di Francine che strada facendo lo aggiornò con gli ultimi sviluppi della faccenda.

Rinuccia, che era alla finestra, li vide giungere e subito percepì nello sguardo ansioso di Pierre che non c'erano novità. Il figliastro le confermò quanto da lei temuto e cercò di incoraggiarla ma lei, desolata, gli disse dei teppisti e del fatto che suo padre ne era stato informato. Dopo che si fu dissetato velocemente, l'uomo riprese il vialetto ghiaioso verso il bistrot dove gli altri già lo aspettavano. Riferì quanto aveva appena appreso e gli uomini, profferendo minacce all'indirizzo dei teppisti, si mossero nuovamente, scendendo nuovamente sulle rive del torrentello, che placido scorreva a valle.

6

Il gruppo di Aristìde, intanto, stava risalendo il piccolo delta formato da innumerevoli rigagnoli d'acqua nel quale si era diviso il torrente in prossimità del mare. In qualche punto gli uomini sprofondavano fino ai polpacci nel sabbione grigio e mollo della riva punteggiato qui e là da ciottoli e da qualche enorme masso arrotondato dalla corrente e calcinato dal sole di luglio. Intorno a loro, a macchie, i cespi di canne mossi dalla brezza che spirava da ponente, dondolavano chinando le cime.

Pepé guardò l'orologio: erano le otto, avevano un'ora di

luce. Continuarono a salire e ad un certo punto si divisero sulle due sponde continuando a chiamare la bambina.

Finalmente le loro voci si sovrapposero a quelle del gruppo che scendeva guidato da Pierre e poco dopo si incontrarono:

- Niente - domandò Pierre, il respiro leggermente pesante, scrutando attorno.

- Niente - rispose laconico il padre scuotendo il capo silenziosamente e scrutando ansioso l'orologio.

- Torniamo su al bistrot - disse - da lì chiameremo i *flics* per denunciare la scomparsa. Poi facciamo un giro del vicinato a chiedere se qualcuno ha visto qualcosa. Magari prima che arrivi la Gendarmerie - concluse sfregandosi il mento con un'espressione dubbiosa.

- Andiamo, andiamo - fecero eco alcune voci e si incamminarono.

Appena entrati nel bar, Lorman fece segno a Laurent per ottenere la linea e si avviò verso il telefono che era stato appeso al muro in uno spazio ricavato dal sottoscala.

- Gendarmerie di Menton - esclamò una voce maschile che si interruppe in attesa.

- *Bonsoir*. Vorrei denunciare la scomparsa di una bambina - asserì Aristìde - mia nipote - concluse con un impercettibile tremolio nella voce.

Dopo una serie di domande che gli vennero poste e a cui l'uomo rispose in maniera circostanziata, circondato dall'attenzione silenziosa degli altri uomini del gruppo, gli venne detto che una pattuglia sarebbe giunta il più presto possibile.

- Bisogna sbrigarsi - disse Lorman dirigendosi verso il banco e rivolgendo a Laurent un'occhiata d'intesa per ciò che riguardava chi avrebbe offerto il prossimo giro di bevande, a cui invitò gli altri subito dopo.

Sarebbe andato a bussare alla porta dei pochi vicini nei dintorni che potevano aver visto qualcosa.

Lorman pensò di incominciare la sua ricerca dalla famiglia che viveva al fondo del vialetto di ghiaia: i coniugi toscani Ennio e Malvina Benati.

Poi, di ritorno, avrebbe chiesto anche *aux deux folles*, Charlotte e Jerôme Portignac, due tipi molto stravaganti, lui perso dietro ai suoi sogni di grande artista del circo, lei dietro a quello meno appariscente ma altrettanto distruttivo di vestale consacrata al servizio della follia del fratello.

Poi si sarebbe fermato a domandare anche alla signora Cisa, sebbene sapesse che lei raramente rimaneva a casa nel pomeriggio. Andava quasi ogni giorno a far visita alla sorella che aveva un negozio di souvenir giù alla marina, per poter pettegolare un po' sulle turiste dai modi di fare ormai troppo disinvolti e sulle locali che ormai, diceva, non erano da meno.

Approssimatosi alla porta dei Benati sentì rumore di stoviglie e la sigla musicale che annunciava il notiziario radio della sera. Bussò e Malvina venne ad aprirgli e lo introdusse in cucina: l'odore del fritto misto di mare aleggiava ancora nell'aria mischiandosi a quello del caffè che aveva iniziato a gorgogliare nella caffettiera sul fornello. Ennio, alzatosi per salutare e farlo accomodare, notando la sua espressione contrita si volse verso l'apparecchio radiofonico e lo spense. Gli venne offerto da bere ma rifiutò, scusandosi, ché aveva pochissimo tempo: raccontò brevemente i fatti e chiese subito della piccola.

I due coniugi, maremmani di Orbetello, non l'avevano vista dal giorno precedente ed essendo stati fuori entrambi per lavoro nel pomeriggio, non potevano fornirgli informazioni utili.
Il marito si offrì di accompagnarlo nella ricerca, ma Aristide, pur ringraziandolo, lo informò che stavano per arrivare i gendarmi, che avrebbero proseguito loro le ricerche e che probabilmente non avrebbero voluto nessuno tra i piedi: lui stesso avrebbe dovuto mettersi da parte.

Ringraziò, salutò brevemente e si avviò verso la porta.

Malvina, slacciatosi il grembiule da cucina, disse al consorte che andava a fare compagnia a Rinuccia per un'oretta.

Si avviarono lungo il viale di ghiaia ma si separarono quasi subito davanti alla casa dei Portignac:

- Buona fortuna - disse la donna.

- *Merci* Malvina - ribatté lui - grazie per la compagnia che andate a fare a Rinuccia. Ditele che appena ci sono novità gliele farò sapere - concluse spingendo il cancelletto che dava sul piccolo giardino privato dei Portignac.

7

- *Non, rien de rien, non, je ne regrette rien...*- cantava la Piaf: parole e musica filtravano dai muri della villa propagandosi nel giardino odoroso di gelsomino.

Aristìde dovette suonare alcune volte e poi bussare vigorosamente con l'apposito batacchio in bronzo prima che Charlotte venisse ad aprirgli. La donna, sulla sessantina, indossava un lungo sari indiano che le avvolgeva il corpo lasciandole nude le spalle e le braccia. I capelli, cosparsi di minuscole paillettes, erano raccolti in un toupé appuntato da spilloni di madreperla. Portava scarpette rosa con tacco a spillo ed era truccata pesantemente. Fece segno al vicino di casa, una volta che l'ebbe riconosciuto, di accomodarsi e presolo al braccio lo accompagnò lungo il corridoio verso il salone da dove proveniva la musica, sorridendogli con una indecifrabile espressione. Nell'aria fluttuava un intenso odore di anisetta frammisto a quello di minestrone alla provenzale.

Ciò che vide nel salone, pur conoscendo l'eccentricità dei due, lo stupì al punto che si chiese se non stesse perdendo tempo inutilmente con loro.

Jerôme, completamente abbigliato da clown, con parrucca gialla e naso a pon-pon rosso, si dondolava su un'altalena fissata alle travi del soffitto e accompagnava la Piaf cantando a squarciagola.

Invece di voltarsi e andarsene però, Aristìde prese a gesticolare facendo in modo che lo strambo vicino di casa smettesse di dondolarsi e che sua sorella spegnesse il giradischi. E alla fine ci riuscì.

- *Mademoiselle* Charlotte, *Monsieur* Jerôme, avete visto mia nipote Giuliana, *cet après-midi* - chiese Lorman cercando, con scarso risultato, di catturare lo sguardo e l'attenzione dei due interlocutori.

- Giuliana l'italiana, Giuliana l'italiana - risposero cantilenando in coro i due pitocchi, lui sbuffando come stesse suonando il corno in una banda di paese, lei ondulando le braccia instancabilmente e intrecciando nervosamente le dita dalle unghie lunghissime e laccate.

Dal racconto del loro strambo pomeriggio, continuamente interrotto da risatine nervose, Aristìde riuscì comunque a sapere che i due anziani e inusuali vicini di casa non avevano veduta la bambina.

A questo punto Charlotte accese una sigaretta infilata in un lungo bocchino d'osso, sbuffò una grande nuvola azzurrognola di fumo e prese sottobraccio Lorman accompagnandolo verso l'uscita. Jerôme aveva intanto alzato nuovamente al massimo il volume del *tournedisque* e aveva ripreso a cantare. Congedandosi da Lorman la donna gli sorrise e soffiò sulla punta delle dita nell'atto di mandargli un bacio. Il portoncino dietro di lui fu chiuso con forza e Aristìde si ritrovò al punto di partenza.

Sbirciò sulla nazionale, in fondo al viale, per vedere se c'era del movimento insolito ma tutto sembrava calmo: i gendarmi non erano ancora arrivati.

Gli restavano pochi minuti per parlare con la signora Cisa: anche lei in età avanzata, alta e allampanata, burbera con gli adulti ma tenera con i bambini ed i gatti, la Cisa, che per combinazione quel pomeriggio era rimasta a casa, non solo non aveva visto la piccola ma alla notizia della sua scomparsa non poté trattenere le lacrime.

- Così tenera lei - disse l'anziana signora - con quei suoi

boccoli biondi, sempre sorridente, una vera donnina - concluse accorata.

- Le ho sentite vociare nel pomeriggio - aggiunse - poi c'è stata quella chiassata, quel mascalzone, Dio che nervi. Ho dovuto buttare due secchi d'acqua sul marciapiede e raccogliere i cocci di bottiglia - rammentò disgustata. Fece una pausa per mettere a fuoco la memoria:

- Ma dopo che quei mascalzoni sono andati via urlando, le bambine non c'erano più - affermò - sono uscita a stendere due lenzuola e ho dato un'occhiata: il vialetto era deserto - concluse con decisione.

- Ne è certa, *Madame* Cisa? - chiese Lorman rabbuiandosi.

- Sì, Aristìde - fece lei sicura.

Le cose stavano al punto di prima: maledettamente complicate. La bambina era sparita, non si erano trovate sue tracce lungo il ruscello e le ipotesi più cupe si materializzavano nelle figure dei teppisti motorizzati.

Salutata la Cisa, Lorman si diresse verso la strada e il bistrot. Non aveva ancora fatto trenta metri quando vide nell'oscurità ormai incombente, i riflessi azzurrognoli delle luci d'emergenza del furgone dei gendarmi, che affrontava le ultime curve prima di arrestarsi nello spiazzo davanti al bar. Si affrettò verso la strada.

Anche Rinuccia e Francine, resesi conto dell'arrivo dei gendarmi, lasciarono i due ragazzini addormentati alla sorveglianza della Benati e si avviarono verso il locale pubblico.

Gli uomini e i militari avevano fatto capannello: padre e figlio, alternandosi, raccontavano l'accaduto a un tenente, un biondino trentenne di Lille alto e dinoccolato, che li ascoltava attentamente.

Poi l'ufficiale chiese una dettagliata descrizione dell'automobile e dei suoi occupanti a Francine. La quale aveva appena concluso il suo racconto quando sopraggiunse Pauline in sella al suo motorino *Peugeot*: erano quasi le dieci, l'ora d'inizio del turno di notte alla Maison Russe. Si fermò un attimo a salutare e incoraggiare Rinuccia e poi proseguì.

Intanto il tenente aveva preso la parola: prima liquidò con garbo tutti i presenti, a eccezione di Aristìde e Pierre, pregandoli di rientrare nelle loro case. Chiese a Laurent di tenere aperto il bistrot perché fosse utilizzato come base operativa e infine con piglio più militaresco si avvicinò ai suoi uomini, che stavano a qualche metro di distanza, e si rivolse a loro esponendo il suo piano.

Una volta prese le torce a pila e le transistor dal furgone, gli uomini si mossero e il comandante entrò nel locale pubblico e segnalò subito alla centrale l'accaduto fornendo i particolari dell'auto e degli ubriaconi. Poi ordinò un caffè bollente, posò sul tavolo il berretto dell'uniforme, il blocco degli appunti, la rice-trasmittente e si sedette.

Fuori intanto gli uomini che avevano partecipato alla ricerca, dopo aver ricevuto i ringraziamenti di Rinuccia e del suo uomo, salutavano e si allontanavano verso le loro case, avvolti presto dalle tenebre. Ma le molte finestre che rimanevano illuminate nel circondario, testimoniavano l'interesse e lo sgomento che la scomparsa della bambina aveva provocato. Dopo aver concordato che avrebbero avvertito Ornella e Raul l'indomani mattina, Aristìde e Pierre convinsero Rinuccia, che voleva restare al bistrot, a rientrare: l'aria cominciava a rinfrescarsi e la povera donna, a causa di ciò, della tensione accumulata e in parte anche dal fatto che era a stomaco vuoto da parecchie ore, tremava leggermente.

Malgrado ciò seppe rifiutare gentilmente, ma con fermezza, l'offerta di compagnia per la notte che le faceva l'amica Francine. Quest'ultima, dopo averla ancora una volta confortata, si aggiustò lo scialletto di cotone sulle spalle e si allontanò velocemente nella notte verso la sua abitazione.

Dopo un ultimo saluto, i due uomini entrarono nel bistrot e Rinuccia si avviò stancamente verso casa dove ringraziò la Benati che si congedò da lei rincuorandola nuovamente.

Rinuccia, toltasi il grembiule e le scarpe e recuperata nel cassettone una copertina leggera, accese la radio per sconfiggere il silenzio che regnava nella grande cucina vuota e buia, ma abbassò il volume fino a che l'Opera che stavano trasmettendo divenne un lieve sottofondo. Poi si sedette sulla sedia vicino alla finestra e chiuse gli occhi cercando di attenuare la tensione e di riuscire a riposarsi un po'.

Dopo una decina di minuti la stanchezza della lunga giornata prese il sopravvento sull'ansia accumulata nelle ultime ore e la donna si appisolò. E sognò.

Sognò se stessa da giovane: era a Pompeiana, il borgo del ponente ligure dov'era nata.

Saliva per il carugio che dal Municipio, inerpicandosi tra i muri in pietra delle case medioevali, sboccava nello spiazzo antistante la chiesa parrocchiale. Non era sola, anzi erano tutti quanti lì. Quattro generazioni di persone appartenenti alla sua famiglia affollavano lo stretto vicolo e si dirigevano verso la chiesa. I suoi genitori, i suoi fratelli e le sue sorelle, i nonni, gli zii, i cugini, Ornella e Raul e poi i bambini Max e Marcello. Solo Giuliana non era presente in quell'allegria del ritrovarsi tutti insieme, ma la cosa, in quel particolare contesto, non era per lei fonte di dispiacere. Nel sogno di Rinuccia tutti i presenti erano coetanei, appena adolescenti, e tutti, camminando, ritagliavano, usando grosse forbici da sarto e utilizzando grandi fogli di carta bianca, figurine umane che affidavano poi, appena formate, a quell'alito di vento pomeridiano che soffiava giù per il vicolo e che le disperdeva. Giunti alla chiesa, gli altri entrarono ma Rinuccia si fermò e si guardò attorno alla ricerca della nipote. Si sentì chiamare e riconobbe la voce di Giuliana che proveniva dall'alto. Alzò gli occhi al cielo e la vide: era aggrappata all'asta parafulmine che svettava in cima al campanile e il vento la faceva volteggiare velocemente. Il viso era quello della nipote, vivo, sorridente e a grandezza naturale. Il corpo non era altro che una copia proporzionata alle dimensioni del viso di una delle figurine di carta che il vento aveva depositate sulle ciappe di ardesia grigia che lastricavano il vicolo. Giuliana era una leggerissima banderuola pronta a cogliere il primo alito di brezza. Rideva pazza di gioia e lanciava gridolini estasiati, se il libeccio la faceva roteare più velocemente del solito. La invitava a salire e a sventolare anche lei per divertimento. Ci si sentiva così leggeri, diceva, era una sensazione bellissima. Rinuccia non voleva salire e le faceva cenni di diniego ma Giuliana insisteva chiamandola:

- Nonna, nonna vieni...dai vieni...nonna, nonna...- ripeteva.

A un tratto però, un soffio di vento più forte degli altri aveva fatto volar via Giuliana che spaventata per aver perso la sua presa, aveva urlato e, nel sogno, alla donna era sembrato di provare lo stesso terrore, di subire lo stesso malessere fisico, come una morsa allo stomaco, che doveva affliggere la nipote.

Rinuccia si svegliò: non era agitata, ma la stravaganza del sogno l'aveva scossa. C'era in esso qualcosa di estremamente realistico che non riusciva a focalizzare e che la lasciò perplessa e immobile per qualche istante incapace di fare il minimo gesto. Poi un rumore di metallo percosso la fece riscuotere: si raddrizzò sulla seggiola, tese le orecchie e poté udire la voce bassa, contraffatta, come soffocata ma senza alcun dubbio appartenente alla nipote che la esortava:

- Nonna vieni...sono quì! Ahhhhh, il topo... nonna, nonna...

A questo punto la voce s'interruppe con un singhiozzo.
Ecco l'elemento realistico del sogno riaffiorare: la voce e gli urli della bambina.

Rinuccia scattò in piedi come una molla e spalancò la finestra: la voce proveniva dal piccolo giardino retrostante.

- Ti ho sentito, piccola - rassicurò Rinuccia - ma dove sei, Giuliana, dove sei? Parla ancora, dai - la esortò.

- Sono qui, nonna, sono qui nel gagibì di Domenique - rispose con una vocina implorante e spaurita la bambina.

Anni addietro, per la comodità delle famiglie che vivevano nello stabile, erano state costruite ben allineate e numerate, quattro piccole cellette in muratura con una lastra di metallo, fissata a due cardini cigolanti, che fungeva da porticina. I bambini li avevano soprannominati *gagibì*.

Essi fungevano da ripostiglio e da dispensa e considerata la fiducia che c'era tra le varie famiglie, i quattro cubicoli restavano sempre aperti. I bambini vi si rifugiavano o li usavano per nascondersi durante i loro giochi e la voce di Giuliana proveniva da uno di essi. Rinuccia guardò in quella direzione e notò con non poco stupore che lo sgabuzzino era chiuso con un lucchetto.

8

Erano da poco suonate le undici quando Rinuccia fece la sua seconda inaspettata apparizione nelle ultime sei ore, nel bistrot di Laurent: per mano teneva Giuliana seguita dai due fratelli ancora intontiti dal brusco risveglio. Il volto della donna era rigato di lacrime ma, anche se stanco, finalmente sereno e rilassato e i bambini sorridevano timidamente.

Dietro di loro, all'apparenza molto impacciati, fecero capolino Ciccio ed Ermelinda Palamara, i coinquilini di Rinuccia e Aristìde, i genitori di Domenique.

I Palamara erano arrivati parecchi anni prima a Mentone provenienti da Brancaleone, in Calabria, per inseguire le ricche promesse di lavoro di un loro paesano. Questi, dopo averli ospitati per un paio di settimane, si era poi dileguato lasciando qualche migliaio di franchi di debito. Così i Palamara si erano ritrovati, complice anche la scarsa capacità di comunicare, con i debiti del paesano disonesto da pagare e i quattro figlioli da mantenere, ai quali se ne erano aggiunti altri due durante la loro permanenza in Francia. L'ultima nata era Dominique appunto, l'amichetta di Giuliana.

Ne erano usciti dignitosamente e anzi dopo otto anni, cioè quattro anni prima, avevano acquistato a costo di enormi sacrifici, l'appartamento al primo piano della casa di nonna Rinuccia e di pepé Aristìde.

179

Pierre balzò in piedi e si avviò verso i nuovi entrati manifestando a viva voce il sollievo che provava alla vista della bambina.

Il tenente, anche lui in piedi, riscosso dal profondo stato di torpore al quale stava per soccombere, trangugiò l'ultimo sorso del terzo caffè e si mise ad armeggiare con la rice-trasmittente per richiamare i suoi uomini.

Laurent, che si era decisamente appisolato, seduto sullo sgabello e con la testa appoggiata al bancone, si svegliò di soprassalto e allargando le braccia per la sorpresa, abbatté tre boccali da birra vuoti e dimenticati sul bancone.

Aristìde rimase seduto: si tolse il cappello e lo appoggiò sul tavolino, riavviò i capelli canuti ma ancora folti e si accomodò contro la spalliera della seggiola. Il gran nodo che aveva in gola si sciolse improvvisamente in una lacrima furtiva che come un temporale estivo breve, tumultuoso e rinfrescante, lasciò una traccia umida sulla guancia solcata dalle rughe.

Strinse il corpicino infreddolito della bambina e ascoltò dentro di sé la gioia di stringerla tra le sue braccia mentre la tensione nervosa si attenuava e scemava completamente: Giuliana era sana e salva.

- Dove sei stata, monella - le chiese tentando, senza peraltro riuscirci, di dare alla sua voce un tono di severità.

- Nel gagibì, pepé - rispose la piccola e sorridendo ormai serena mimò la posizione fetale del sonno.

Aristìde allungo il braccio libero e prese nella sua mano quella di Rinuccia, trasse leggermente a sé la donna e la fece sedere al suo fianco. Poi rivolse verso di lei il suo sguardo interrogativo.

Il tenente, imitato da Laurent, si era avvicinato e ora, con il solito blocco per gli appunti e una penna, si apprestava a prendere nota di quanto avrebbe sentito.

- È presto detto - attaccò Rinuccia e brevemente narrò l'accaduto così come glielo aveva riportato la nipotina.

Quando i tre uomini cattivi erano scesi dall'auto e avevano

spaccato la bottiglia, Giuliana, che era rimasta sola dopo la scaramuccia con Domenique, spaventatissima era fuggita a rifugiarsi in uno dei gagibì, poiché la nonna non era in casa essendosi recata a fare una iniezione a una anziana vicina di casa.

Chiusa la porticina di metallo, una volta sentitasi al sicuro, la bambina si era presumibilmente addormentata se, come accertato, non aveva sentito il paletto scorrere nella serratura e il lucchetto scattare.

A questo punto Ciccio ed Ermelinda, che erano rimasti un po' defilati, si accostarono ad Aristìde e iniziarono a scusarsi, mortificati per l'accaduto. Dei due, fu la donna a continuare il racconto: quando aveva sentito il rumore provocato dalle intemperanze degli ubriachi, e dopo che questi se ne erano andati, era scesa a chiudere il gagibì perché in esso i Palamara conservavano su una scaffalatura addossata al muro, qualche decina di vasetti di conserva di pomodoro al naturale, di melanzane e di carciofi sott'olio e una piccola giara di terracotta in cui sotto uno spesso strato di sale, riposavano tre chili di acciughe.

Aristìde cominciava a delineare nella sua mente il grottesco epilogo della faccenda e non poté fare a meno di considerare quanto erano stati fortunati: ben altri scenari aveva intravisto e se anche Giuliana si era spaventata parecchio, ciò che era accaduto era nulla se paragonato a certi traumi che lasciano delle cicatrici inguaribili, o peggio, all'ipotesi più terribile.

Rinuccia intanto aveva ripreso la parola e stava terminando di raccontare di come la bambina dopo qualche ora di sonno, si era risvegliata e aveva cercato di liberarsi e di attirare l'attenzione di qualcuno non riuscendovi.

- Deve avermi invocata a lungo - si struggeva la donna - ma io ero venuta qui ad avvertirti e non poteva sentirla.

Alla fine, vinta dalle emozioni e dalla paura provocatale da un roditore che aveva visitato lo sgabuzzino, Giuliana aveva presumibilmente perso i sensi e solo il fresco della sera glieli aveva fatti riacquistare e aveva potuto chiedere nuovamente aiuto, con maggior fortuna questa volta.

Mentre il racconto era andato dipanandosi, alla spicciolata erano ricomparsi nel bar tutti coloro che avevano partecipato all'ansia dei due anziani vicini di casa. Gli Armellit e i Lavie, i Benati e la signora Cisa, Francine e anche, attirati dall'insolito movimento, i Portignac che sebbene abbigliati un po' più sobriamente di quanto non fossero nel tardo pomeriggio quando li aveva visti Lorman, diedero comunque alla scena un tocco di stravaganza.

Infine aveva fatto la sua apparizione anche Clement che pur essendosi allontanato quando il tenente l'aveva chiesto, non era tornato al suo casolare di campagna ma si era rifugiato nella sua baracca dei marmi dove, nello stipo situato tra due lastre di travertino, aveva recuperato la bottiglia di *Marie Brizard* e un bicchierino.

Pepé Lorman ebbe prima scrupolo di assicurare Ermelinda Palamara che non dubitava della sua evidente buona fede per quanto era accaduto.

Poi si rivolse a Laurent e con un ampio gesto del braccio destro abbracciò tutto il locale e con un tono leggermente più alto del solito disse:

- Abbiamo da ringraziavi tutti per l'amicizia dimostrataci: tutto è bene quel che finisce bene. E ora permettetemi di offrire un giro per tutti, ma proprio tutti.

Poi si rivolse a Rinuccia e suadente le chiese:

- Cosa beve la mia regina? Forse una sciampagna, per l'occasione?

- La sciampagna fa dormire, caro il mio *Vallé* di *Belotte*, e io devo stare sveglia tutta la notte. I miei vecchi hanno bisogno di me e Pauline ha lavorato abbastanza a lungo per oggi. Sono solo le undici e mezza e se mi sbrigo ad andare a darle il cambio, lei, con il motorino, per mezzanotte sarà di ritorno a casa.

Ciò detto si alzò, accarezzò il viso stanco del suo compagno, strinse nuovamente a sé la bambina, diede un buffetto a ognuno dei due nipoti lì nei pressi e salutata a voce alta la compagnia, uscì per recarsi al suo lavoro notturno.

Via Gastaldi 15/B

C'era una volta, a Taggia, una cantina. Un antro poco illuminato e odoroso di muffa che veniva usato per lavorarci: ci facevano delle ceste, per l'esattezza.

Menegò *Buccalarga* ci tenne bottega per decenni senza però trascurare, occasionalmente, di farci anche bisboccia con gli amici.

Quando smise, verso la fine degli anni '70 ormai vecchio e vedovo, per la sua minestrina serale e per un po' di compagnia prese a frequentare il bar *Castelin*.

A proposito di bar, nello stesso periodo sulla costa a tre chilometri di distanza, imperversava il *Tre Alberi*. Locale sul mare, spiaggia, terrazza con tavolini e Abdu, un gran brav'uomo nonché barman impareggiabile.

Cosa c'entra il *Tre Alberi* con la cantina? Calma, ci arrivo.

Il bar, allora, lo gestiva Cecco Mazza, figura storica del panorama libertario sanremese, e il locale era prevalentemente frequentato dal popolo del *Movimento* della città dei fiori e in generale di tutta la provincia.

Un periodo quello, contrassegnato dall'entusiasmo, dalla consapevolezza di essere tanti, di essere forti, di avere un ideale per cui lottare. Insomma quel bar era diventato un punto alternativo, e a volte controverso, di aggregazione e finì per dare fastidio a qualcuno. Ci furono delle perquisizioni, si fecero delle indagini, fu messo su in qualche modo un caso giudiziario che fu ben presto ridimensionato, ma con il quale si era voluto lanciare un segnale chiaro e forte.

Qualche tempo dopo infatti, Cecco cedette l'attività. Del resto l'entusiasmo ormai scemava, l'eroina montava e Craxi era alle porte: quell'attimo era fuggito, quel gruppo si disciolse e si sperse in mille rivoli di disillusione, di tossicodipendenza o in alternativa, di rampantismo socialdemocratico.

Con il ricavato della cessione del bar Cecco comprò una casa a Taggia, la stessa nel cui basso, a suo tempo, Menegò aveva intrecciato vimini, e ci andò a vivere con la sua famigliola.

Dicevamo di *Buccalarga* e del bar *Castelin* dove anche Cecco scendeva per qualche chiacchiera con gli amici e per il *gotto* del Dolcetto. Insomma i due si conobbero.

Ben presto l'ex cestaio prese a narrargli le virtù della sua cantina, finendo ogni volta immancabilmente per offrirgliela a un prezzo vantaggioso. Alla fine Cecco si convinse e l'acquistò. Ma non ci fece nulla, la lasciò vuota.

Per la verità, e per dovere di cronaca, dobbiamo però ricordare che per un certo periodo di tempo essa diventò il ricovero delle pecore di Mario, il pastore sardo.

E poi fu la volta del leone.

Un giorno d'inizio estate a metà degli anni '80, incontro sulla passeggiata a mare Maurizio, un *balengo* di Brindisi che teneva al guinzaglio un leoncino.

Domanda scontata:

- Cosa ci fai con un leoncino ad Arma - gli chiedo ironico.

- Sai com'è, bisogna arrangiarsi. Io vado in giro con la *belva* e una polaroid, i bambini fanno i capricci perché vogliono la foto e io passo all'incasso dalle mammine. Cinquemilalire per un ricordo del bambino col leoncino e la Fortezza sullo sfondo - mi risponde senza tentennare.

- Si vabbé ma dove lo tieni un leoncino, sul divano di casa - insisto.

- Ma sai - mi dice - ho chiesto in giro e finché è piccolo me lo fanno tenere in una cantina a Taggia. Poi in autunno quando la stagione è finita, lo lascio a uno zoo-safari in Piemonte - conclude.

Una notte del novembre dello stesso anno, quando ormai i versi provenienti dalla cantina di Cecco, quelli del gattone, erano diventati quasi dei ruggiti, i vicini, spaventati e disgustati dal lezzo di avanzi di carne putrefatta e di escrementi leonini che ormai perdurava da settimane, protestarono con veemenza.

Del balengo brindisino nessuna traccia. Quanto al leone, anestetizzato e immobilizzato su un'Ape Piaggio, fu trasportato in una campagna sulle alture prospicienti il convento dei Domenicani e la cantina rimase di nuovo vuota.

Nel 1990 il Comune lanciò un piano per il recupero del centro storico, concedendo facilitazioni a chi nel centro storico avesse aperto un locale pubblico.

Cecco, che era proprietario di quella cantina inutilizzata e che da tempo accarezzava l'idea di aprire un bar nei carugi, coinvolse alcuni amici e si decise al grande passo.

All'epoca abitavo in una casa dirimpetto a quella cantina.

Da essa, già durante quel lungo inverno qualcuno aveva portato via qualche *trattorata* di letame, detriti e rumenta varia.

Poi, all'inizio della primavera '91, a cura di mastro Vito Farace da Orsomarso coadiuvato dal prode Tore Urrazza, iniziarono i lavori di restauro vero e proprio che si conclusero con i murales di Lella Calvini, bussanella, ispirati al *Visconte Dimezzato*.

In ultimo venne un fabbro e incementò al muro esterno un'insegna, una parola composta con le lettere in ferro battuto: *Germinal.*

Un nome che d'acchito rievoca la Comune di Parigi del 1871, il romanzo di Zola, i primi esperimenti socialisti in Europa.

Ma è meglio non divagare troppo anche se proprio a quei fatti, o meglio alla loro trasposizione in tempi più recenti, si deve la scelta di quel nome per l'osteria taggiasca.

Nel 1990, a Carrara, la ditta di costruzioni Caprice grazie ad inciuci vari ottenne l'autorizzazione a ristrutturare il palazzo Politeama, la sede storica dell'anarchismo italiano, che proprio in ricordo dei fatti parigini era stato a suo tempo ribattezzato *Germinal.*

Al rifiuto di sloggiare dei legittimi inquilini, la polizia intervenne in forze e alla fine fece sgomberare. Cecco aveva partecipato, nella cittadina apuana, a una manifestazione contro la forzata chiusura dello stabile. Quando si trattò di dare il nome al locale di via Gastaldi, si ricordò di quel palazzo carrarese e trasfondendone idealmente l'atmosfera e lo spirito che lo avevano caratterizzato, chiamò con lo stesso nome l'osteria che andava ad aprire i battenti.

Ventidue anni dopo, l'altro giorno, in preda a uno di quei raptus nostalgici tipici di noi ultracinquantenni, stavo frugando in un baule che tengo in cantina e che ho riempito di souvenirs, cianfrusaglie, oggetti, indumenti e carte varie.

Mi capita per le mani, avvolto in un panno, un oggetto pesante. Svolgo l'involucro e ritrovo un posacenere di ardesia dal disegno essenziale, quadrato, sbeccato in un angolo e con un panno di fine feltro appiccicato alla base per non rigare il mobile su cui veniva riposto.

Con un certo piacere mi sovviene che anche io contribuii all'arredamento del locale fornendolo, per l'appunto, dei posaceneri d'ardesia.

Ai tempi, si sa, si fumava ovunque e io che proprio in quel periodo, stanco degli avanti e indietro con i camion frigo tra Sanremo e la Germania avevo deciso di imparare il mestiere di marmista, arrontondavo il magro stipendio da "apprendista" incavando pezzi di pietra in foggia di posacenere e vendendoli ai locali pubblici e nelle fiere locali dell'artigianato.

Non ricordo chi, forse proprio Cecco, mi regalò quell'ultimo esemplare rimasto dei venti iniziali: gli altri erano stati tutti abusivamente portati via dagli avventori come souvenir del locale.

Che bella cosa però! No, non la deprecabile abitudine di rubare i posaceneri nei bar che si frequentavano.

La cosa bella è aver fatto parte, pur se marginalmente, di questa piccola saga di provincia.

Di aver inizialmente vissuto personalmente e poi, da un certo momento in poi, aver sentito raccontare l'epopea di un seminterrato che ha fatto carriera e che da laboratorio per le ceste di Menegò *Buccalarga* è diventato Osteria (con la O maiuscola) e luogo di ritrovo che ancora adesso, a distanza di più di due decenni, resta un punto di riferimento del ponente ligure notturno.

Ho pensato che valesse la pena raccontarla, questa storia.

Certo i personaggi sono cambiati e dopo Cecco Mazza, con Bedé *"U Brutu"* Lanteri (per le carni) e Nino Minetto (per il pesce) ai fornelli, è stata la volta dello chef Franco Picin per un periodo relativamente breve. Franco poi cedette indietro il timone a Cecco che a sua volta lo passò a Roberta Ciribilli ed Enrica Borelli. Le quali, impavide ma lungimiranti, oltre all'inevitabile *tocco* di femminilità impresso al locale, diedero carta bianca a Danilo *"lo Squalo"* Musso permettendogli di elargire i *bocconi* di saggezza dei suoi cervellotici ma squisiti exploit dietro ai fornelli.

Ma anche quei tempi, che volete, se ne sono andati. Gli anni passano, i figli crescono, i capelli imbiancano e tutti i personaggi qui narrati o hanno lasciato questa valle di lacrime o fanno, chi più chi meno, vita ritirata. Qualcuno cucina per gli amici mentre altri badano chi ai nipotini, chi agli ulivi, chi all'orto o alla fascia dei carciofi oppure alla vigna del Vermentino.

Ma il *Germinal* è ancora lì: l'ultimo capitolo di questa saga di provincia - ma sarà veramente l'ultimo? - lo sta scrivendo Laura Pizzo, in cucina, coadiuvata dal marito Davide, barman di provata esperienza.

Insomma, un romanzo la cui trama continua a dipanarsi tra piatti tipici della cucina ligure, vini d'annata e serate di musica dal vivo. Un romanzo di cui, quando mi capita, leggo molto volentieri una pagina direttamente *in loco*.

Le persone qui di seguito indicate, hanno in tempi e modi diversi contribuito in maniera sostanziale alla realizzazione di questo mio lavoro:

Emanuela Canini, Cristiana Dulbecco, Maria Luisa Filippelli, Lisa Golden, Paola Lanteri, Ubaldo Oliveira, Donatella Picasso, Loretta Passarini e Giacomo Revelli per la lettura del manoscritto, per i consigli, per le critiche, anche aspre a volte, per gli incoraggiamenti e per le cene a base di piatti tipici della cucina ligure.

Laura Guglielmi per l'attento e prezioso contributo che ha voluto fornire.

Roberto Coggiola, per la sua visione vellutata delle cose.

Marco Bonfante per i suoi mugugni, smozzicati tra una magia tecnica e l'altra.

Charmaine Belfanti per l'incoraggiamento e il paziente, continuo supporto.

Danilo Musso e Nino Minetto per aver rappresentato ai miei occhi, da sempre, la quintessenza di liguritudine.

Silvio Ceravolo, il calabrese più ligure che abbia mai conosciuto.

A tutti loro va il mio grazie, per avermi accompagnato in questa nuova avventura.

Indice

Introduzione   3
Nota dell'autore   7

A Valle
Amare amandosi   11
Belin, quantu i parla!   19
E.A. 1623-1647   23

U Paise
Il falò di San Benedetto   37
Livio   49
Maccaruni e Frisciöi   69
Nustralin   85

U restu d'u mundu
Sanremasca   101
Tutta colpa della Marangolo   133
Un *gotto* di Beaujolais   143
Val de Gorbio   157
Via Gastaldi 15/B   185

In copertina: fotografia di Roberto Coggiola
Progetto grafico/editoriale: Marco Bonfante

www.ingramcontent.com/pod-product-compliance
Lightning Source LLC
Chambersburg PA
CBHW021959130726
47903CB00014B/2468